Antonio Skármeta

El cartero de Neruda
(ARDIENTE PACIENCIA)

Círculo de Lectores

A Matilde Urrutia, inspiradora de Neruda,
y a través de él, de sus humildes plagiarios.

Prólogo

Entonces trabajaba yo como redactor cultural de un diario de quinta categoría. La sección a mi cargo se guiaba por el concepto de arte del director, quien ufano de sus amistades en el ambiente, me obligaba a incurrir en entrevistas a vedettes de compañías frívolas, reseñas de libros escritos por ex-detectives, notas a circos ambulantes o alabanzas desmedidas al hit de la semana que pudiera pergeñar cualquier hijo de vecino.

En las oficinas húmedas de esa redacción agonizaban cada noche mis ilusiones de ser escritor. Permanecía hasta la madrugada empezando nuevas novelas que dejaba a mitad de camino desilusionado de mi talento y mi pereza. Otros escritores de mi edad obtenían considerable éxito en el país y hasta premios en el extranjero: el de Casa de las Américas, el de la Biblioteca Breve Seix-Barral, el de Sudamericana y Primera Plana. La envidia, más que un acicate para terminar algún día una obra, operaba en mí como una ducha fría.

Por aquellos días en que cronológicamente comienza esta historia –que como los hipotéticos lectores advertirán parte entusiasta y termina bajo el efecto de una honda depresión– el director advirtió que mi tránsito por la bohemia había perfeccionado peligrosamente mi palidez y decidió encargarme una nota a orillas del mar, que me permitiera una semana de sol, viento salino, mariscos, pescados frescos, y de paso importantes contactos para mi futuro. Se trataba de asaltar la paz costeña del poeta Pablo Neruda, y a través de entrevistas con él, lograr para los depravados lectores de nuestro pasquín algo así, palabras de mi director, «como la geografía erótica del poeta». En buenas cuentas, y en chileno, hacerle hablar del modo más gráfico posible sobre las mujeres que se había tirado.

Hospedaje en la hostería de isla Negra, viático de príncipe, auto arrendado en Hertz, préstamo de su portátil Olivetti, fueron los satánicos argumentos con que el director me convenció de llevar a cabo la innoble faena. A estas argumentaciones, y con ese idealismo de la juventud, yo agregaba otra acariciando un manuscrito interrumpido en la página 28: durante las tardes iba a escribir la crónica sobre Neruda y por las noches, oyendo el rumor del mar, avanzaría mi novela hasta terminarla. Más aún, me propuse algo que concluyó en obsesión, y que me permitió además sentir una gran afinidad con Mario Jiménez, mi héroe: conseguir que Pablo Neruda prologara mi texto. Con ese valioso trofeo golpearía las puertas de Editorial Nascimento y conseguiría ipso facto la publicación de mi libro dolorosamente postergado.

Para no hacer este prólogo eterno y evitar falsas expectativas en mis remotos lectores, concluyo aclarando desde ya algunos puntos. Primero, la novela que el lector tiene en su mano no es la que quise escribir en isla Negra ni ninguna otra que hubiera comenzado en aquella época, sino un producto lateral de mi fracasado asalto periodístico a Neruda. Segundo, a pesar de que varios escritores chilenos siguieron libando en la copa del éxito (entre otras cosas por frases como éstas, me dijo un editor) yo permanecí –y permanezco– rigurosamente inédito. En tanto otros son maestros del relato lírico en primera persona, de la novela dentro de la novela, del metalenguaje, de la distorsión de tiempos y espacios, yo seguí adscrito a metaforones trajinados en el periodismo, lugares comunes cosechados de los criollistas, adjetivos chillantes malentendidos en Borges, y sobre todo aferrado a lo que un profesor de literatura designó con asco: un narrador omnisciente. Tercero y último, el sabroso reportaje a Neruda que con toda seguridad el lector preferiría tener en sus manos en vez de la inminente novela que lo acosa desde la próxima página y que acaso me hubiera sacado en otro rubro de mi anonimato, no fue viable debido a principios del vate y no a mi falta de impertinencia. Con una amabilidad que no merecía la bajeza de mis propósitos me dijo que su gran amor era su esposa actual, Matilde Urrutia, y que no sentía ni entusiasmo ni interés por revolver ese «pálido pasado», y con una ironía que sí merecía mi audacia de pedirle un prólogo para un libro que aún no existía, me dijo poniéndome de patitas en la puerta: «con todo gusto, cuando lo escriba».

En la esperanza de hacerlo, me quedé largo tiempo en isla Negra, y para apoyar la pereza que me invadía todas las noches, tardes y mañanas frente a la página en blanco, decidí merodear la casa del poeta y de paso merodear a los que la merodeaban. Así fue como conocí a los personajes de esta novela.

Sé que más de un lector impaciente se estará preguntando cómo un flojo rematado como yo pudo terminar este libro, por pequeño que sea. Una explicación plausible es que tardé catorce años en escribirlo. Si se piensa que en ese lapso, Vargas Llosa, por ejemplo, publicó Conversación en la Catedral, La tía Julia y el Escribidor, Pantaleón y las visitadoras y La guerra del fin del mundo, es francamente un récord del cual no me orgullezco.

Pero también hay una explicación complementaria de

índole sentimental. Beatriz González, con quien almorcé varias veces durante sus visitas a los tribunales de Santiago, quiso que yo contara para ella la historia de Mario «no importa cuánto tardase ni cuánto inventara». Así de excusado por ella, incurrí en ambos defectos.

En junio de 1969 dos motivos tan afortunados como triviales condujeron a Mario Jiménez a cambiar de oficio. Primero, su desafecto por las faenas de la pesca que lo sacaban de la cama antes del amanecer, y casi siempre, cuando soñaba con amores audaces, protagonizados por heroínas tan abrasadoras como las que veía en la pantalla del rotativo de San Antonio. Este talento, unido a su consecuente simpatía por los resfríos, reales o fingidos, con que se excusaba día por medio de preparar los aparejos del bote de su padre, le permitía retozar bajo las nutridas mantas chilotas, perfeccionando sus oníricos idilios, hasta que el pescador José Jiménez volvía de alta mar, empapado y hambriento, y él mitigaba su complejo de culpa sazonándole un almuerzo de crujiente pan, bulliciosas ensaladas de tomate con cebolla, más perejil y cilantro, y una dramática aspirina que engullía cuando el sarcasmo de su progenitor lo penetraba hasta los huesos.

–Búscate un trabajo. –Era la escueta y feroz frase con que el hombre concluía una mirada acusadora, que podía alcanzar hasta los diez minutos, y que en todo caso nunca duró menos de cinco.

–Sí, papá –respondía Mario, limpiándose las narices con la manga del chaleco.

Si este motivo fuera el trivial, el afortunado fue la posesión de una alegre bicicleta marca Legnano, valiéndose de la cual Mario trocaba a diario al menguado horizonte de la caleta de pescadores por el algo mínimo puerto de San Antonio, pero que en comparación con su caserío lo impresionaba como fastuoso y babilónico. La mera contemplación de los afiches del cine con mujeres de bocas turbulentas y durísimos tíos de habanos masticados entre dientes impecables, lo metía en un trance del que sólo salía tras dos horas de celuloide, para pedalear desconsolado de vuelta a su rutina, a veces bajo una lluvia costeña que le inspiraba resfríos épicos. La generosidad de su padre no alcanzaba a tanto como para fomentar la molicie, de modo que varios días de la semana, carente de dinero, Mario Jiménez tenía que conformarse con incursiones a las tiendas de revistas usadas, donde contribuía a manosear las fotos de sus actrices predilectas.

Fue uno de aquellos días de desconsolado vagabundeo, cuando descubrió un aviso en la ventana de la oficina de correos que, a pesar de estar escrito a mano y sobre una modesta hoja de cuaderno de matemáticas, asignatura en la que no había destacado durante la escuela primaria, no pudo resistir.

Mario Jiménez jamás había usado corbata, pero antes de entrar se arregló el cuello de la camisa como si llevara una y trató, con algún éxito, de abreviar con dos golpes de peineta su melena heredada de fotos de los Beatles.

–Vengo por el aviso –declamó al funcionario, con una sonrisa que emulaba la de Burt Lancaster.

–¿Tiene bicicleta? –preguntó aburrido el funcionario.

Su corazón y sus labios dijeron al unísono.

–Sí.

–Bueno –dijo el oficinista, limpiándose los lentes–, se trata de un puesto de cartero para isla Negra.

—Qué casualidad –dijo Mario–. Yo vivo al lado, en la caleta.

—Eso está muy bien. Pero lo que está mal es que hay un solo cliente.

—¿Uno nada más?

—Sí, pues. En la caleta todos son analfabetos. No pueden leer ni las cuentas.

—¿Y quién es el cliente?

—Pablo Neruda.

Mario Jiménez tragó lo que le pareció un litro de saliva.

—Pero eso es formidable.

—¿Formidable? Recibe kilos de correspondencia diariamente. Pedalear con la bolsa sobre tu lomo es igual que cargar un elefante sobre los hombros. El cartero que lo atendía se jubiló jorobado como un camello.

—Pero yo tengo sólo diecisiete años.

—¿Y estás sano?

—¿Yo? Soy de fierro. ¡Ni un resfrío en mi vida!

El funcionario deslizó los lentes sobre el tabique de la nariz y lo miró por encima del marco.

—El sueldo es una mierda. Los otros carteros se las arreglan con las propinas. Pero con un cliente, apenas te alcanzará para el cine una vez por semana.

—Quiero el puesto.

—Está bien. Me llamo Cosme.

—Cosme.

—Me debes decir «don Cosme».

—Sí, don Cosme.

—Soy tu jefe.

—Sí, jefe.

El hombre levantó un bolígrafo azul, le sopló su aliento para entibiar la tinta, y preguntó sin mirarlo:

—¿Nombre?

–Mario Jiménez –respondió Mario Jiménez solemnemente.

Y en cuanto terminó de emitir ese vital comunicado,
fue hasta la ventana, desprendió el aviso, y lo hizo recalar en lo más profundo del bolsillo trasero de su pantalón.

Lo que no logró el océano Pacífico con su paciencia parecida a la eternidad, lo logró la escueta y dulce oficina de correos de San Antonio: Mario Jiménez no sólo se levantaba al alba, silbando y con una nariz fluida y atlética, sino que acometió con tal puntualidad su oficio, que el viejo funcionario Cosme le confió la llave del local, en caso de que alguna vez se decidiera a llevar a cabo una hazaña desde antiguo soñada: dormir hasta tan tarde en la mañana que ya fuera hora de la siesta y dormir una siesta tan larga que ya fuera hora de acostarse, y al acostarse dormir tan bien y profundo, que al día siguiente sintiera por primera vez esas ganas de trabajar, que Mario irradiaba y que Cosme ignoraba meticulosamente.

Con el primer sueldo, pagado como es usual en Chile con un mes y medio de retraso, el cartero Mario Jiménez adquirió los siguientes bienes: una botella de vino Cousiño Macul Antiguas Reservas, para su padre; una entrada al cine gracias a la cual se saboreó *West Side Story* con Natalie Wood incluida; una peineta de acero alemán en el mercado de San Antonio, a un pregonero que las ofrecía con el refrán: «Alemania perdió la guerra, pero no la industria. Peinetas inoxidables marca Solingen»; y la edición Losada de las *Odas elementales* por su cliente y vecino, Pablo Neruda.

Se proponía, en algún momento en que el vate le pareciera de buen humor, asestarle el libro junto con la correspondencia y agenciarse un autógrafo, con el cual alardear ante hipotéticas pero bellísimas mujeres que algún día conocería en San Antonio, o en Santiago, a donde iría a parar con su segundo sueldo. Varias veces estuvo a punto de cumplir su cometido, pero lo inhibió tanto la pereza con que el poeta recibía su correspondencia, la celeridad con que le cedía la propina (en ocasiones más que regular), como su expresión de hombre volcado abismalmente hacia el interior. En buenas cuentas, durante un par de meses, Mario no pudo evitar sentir que cada vez que tocaba el timbre asesinaba la inspiración del poeta, que estaría a punto de incurrir en un verso genial. Neruda tomaba el paquete de correspondencia, le pasaba un par de escudos, y se despedía con una sonrisa tan lenta como su mirada. A partir de ese momento, y hasta el final del día, el cartero cargaba las *Odas elementales* con la esperanza de reunir algún día coraje. Tanto lo trajinó, tanto lo manoseó, tanto lo puso en la falda de sus pantalones bajo el farol de la plaza, para darse aires de intelectual ante las muchachas que lo ignoraban, que terminó por leer el libro. Con este antecedente en su currículum, se consideró merecedor de una migaja de la atención del vate, y una mañana de sol invernal, le filtró el libro junto con las cartas, con una frase que había ensayado frente a múltiples vitrinas:

—Póngame la millonaria, maestro.

Complacerlo fue para el poeta un trámite de rutina, pero una vez cumplido con ese breve deber, se despidió con la cortante cortesía que lo caracterizaba. Mario comenzó por analizar el autógrafo y llegó a la conclusión que con un «Cordialmente, Pablo Neruda» su anonimato no perdía gran cosa. Se propuso trabar algún tipo de relación con el poeta, que le permitiera algún día ser alhajado con una dedicatoria en que por lo menos constara con la mera tinta verde del vate su nombre y apellido:

Mario Jiménez S. Aunque óptimo le hubiera parecido un texto del tenor de «A mi entrañable amigo Mario Jiménez, Pablo Neruda». Le planteó sus anhelos a Cosme el telegrafista, quien, tras recordarle que Correos de Chile prohibía a sus mensajeros fastidiar con requisitorias atípicas a su clientela, le hizo saber que un mismo libro no podía ser dedicado dos veces. Es decir, que en ningún caso sería noble proponerle al poeta –por comunista que fuera– que tarjara sus palabras para reemplazarlas por otras.

Mario Jiménez tuvo por atinada la observación, y cuando recibió el segundo sueldo en un sobre fiscal, adquirió, con un gesto que le pareció consecuente, *Nuevas odas elementales*, ediciones Losada. Alguna pesadumbre lo alentó al renunciar a su soñada excursión a Santiago, y luego el temor, cuando el astuto librero le dijo: «Y para el mes próximo le tengo *El tercer libro de las odas*».

Pero ninguno de ambos libros llegó a ser autografiado por el poeta. Otra mañana con sol de invierno, muy parecida a otra tampoco descrita en detalle antes, relegó la dedicatoria al olvido. Mas no así la poesía.

Crecido entre pescadores, nunca sospechó el joven Mario Jiménez que en el correo de aquel día habría un anzuelo con que atraparía al poeta. No bien le había entregado el bulto, el poeta había discernido con precisión meridiana una carta que procedió a rasgar ante sus propios ojos. Esta conducta inédita, incompatible con la serenidad y discreción del vate, alentó en el cartero el inicio de un interrogatorio, y por qué no decirlo, de una amistad.

–¿Por qué abre esa carta antes que las otras?

–Porque es de Suecia.

–¿Y qué tiene de especial Suecia, aparte de las suecas?

Aunque Pablo Neruda poseía un par de párpados inconmovibles, parpadeó.

–El Premio Nobel de Literatura, mijo.

–Se lo van a dar.

–Si me lo dan, no lo voy a rechazar.

–¿Y cuánta plata es?

El poeta, que ya había llegado al meollo de la misiva, dijo sin énfasis:

–Ciento cincuenta mil doscientos cincuenta dólares.

Mario pensó la siguiente broma: «Y cincuenta centavos», mas su instinto reprimió su contumaz impertinencia, y en cambio preguntó de la manera más pulida:

–¿Y?

–¿Hmm?

–¿Le dan el Premio Nobel?

–Puede ser, pero este año hay candidatos con más chance.

–¿Por qué?

–Porque han escrito grandes obras.

–¿Y las otras cartas?

–Las leeré después –suspiró el vate.

–¡Ah!

Mario, que presentía el fin del diálogo, se dejó consumir por una ausencia semejante a la de su predilecto y único cliente, pero tan radical, que obligó al poeta a preguntarle:

–¿Qué te quedaste pensando?

–En lo que dirán las otras cartas. ¿Serán de amor?

El robusto vate tosió.

–¡Hombre, yo estoy casado! ¡Que no te oiga Matilde!

–Perdón, don Pablo.

Neruda arremetió con su bolsillo y extrajo un billete del rubro «más que regular». El cartero dijo «gracias», no tan acongojado por la suma como por la inminente despedida. Esa misma tristeza pareció inmovilizarlo hasta un grado alarmante. El poeta, que se disponía a entrar, no pudo menos que interesarse por una inercia tan pronunciada.

–¿Qué te pasa?

–¿Don Pablo?

–Te quedas ahí parado como un poste.

Mario torció el cuello y buscó los ojos del poeta desde abajo:

–¿Clavado como una lanza?

–No, quieto como torre de ajedrez.

–¿Más tranquilo que gato de porcelana?

Neruda soltó la manilla del portón, y se acarició la barbilla.

–Mario Jiménez, aparte de *Odas elementales* tengo libros mucho mejores. Es indigno que me sometas a todo tipo de comparaciones y metáforas.

–¿Don Pablo?

–¡Metáforas, hombre!

–¿Qué son esas cosas?

El poeta puso una mano sobre el hombro del muchacho.

–Para aclarártelo más o menos imprecisamente, son modos de decir una cosa comparándola con otra.

–Déme un ejemplo.

Neruda miró su reloj y suspiró.

–Bueno, cuando tú dices que el cielo está llorando. ¿Qué es lo que quieres decir?

–¡Qué fácil! Que está lloviendo, pu'.

–Bueno, eso es una metáfora.

–Y ¿por qué, si es una cosa tan fácil, se llama tan complicado?

–Porque los nombres no tienen nada que ver con la simplicidad o complicidad de las cosas. Según tu teoría, una cosa chica que vuela no debiera tener un nombre tan largo como *mariposa*. Piensa que *elefante* tiene la misma cantidad de letras que *mariposa* y es mucho más grande y no vuela –concluyó Neruda exhausto. Con un resto de ánimo, le indicó a Mario el rumbo hacia la caleta. Pero el cartero tuvo la prestancia de decir:

–¡P'tas que me gustaría ser poeta!

–¡Hombre! En Chile todos son poetas. Es más original que sigas siendo cartero. Por lo menos caminas mucho y no engordas. En Chile todos los poetas somos guatones.

Neruda retomó la manilla de la puerta, y se disponía a entrar, cuando Mario mirando el vuelo de un pájaro invisible, dijo:

–Es que si fuera poeta podría decir lo que quiero.

–¿Y qué es lo que quieres decir?

–Bueno, ése es justamente el problema. Que como no soy poeta, no puedo decirlo.

El vate se apretó las cejas sobre el tabique de la nariz.

–¿Mario?

–¿Don Pablo?

–Voy a despedirme y a cerrar la puerta.

–Sí, don Pablo.

–Hasta mañana.

–Hasta mañana.

Neruda detuvo la mirada sobre el resto de las cartas, y luego entreabrió el portón. El cartero estudiaba las nubes con los brazos cruzados sobre el pecho. Vino hasta su lado y le picoteó el hombro con un dedo. Sin deshacer su postura, el muchacho se lo quedó mirando.

–Volví a abrir, porque sospechaba que seguías aquí.

–Es que me quedé pensando.

Neruda apretó los dedos en el codo del cartero, y lo fue conduciendo con firmeza hacia el farol donde había estacionado la bicicleta.

–¿Y para pensar te quedas sentado? Si quieres ser poeta, comienza por pensar caminando. ¿O eres como John Wayne, que no podía caminar y mascar chiclets al mismo tiempo? Ahora te vas a la caleta por la playa y, mientras observas el movimiento del mar, puedes ir inventando metáforas.

–¡Déme un ejemplo!

–Mira este poema: «Aquí en la Isla, el mar, y cuánto mar. Se sale de sí mismo a cada rato. Dice que sí, que no, que no. Dice que sí, en azul, en espuma, en galope. Dice que no, que no. No puede estarse quieto. Me llamo mar, repite pegando en una piedra sin lograr convencerla. Entonces con siete lenguas verdes, de siete tigres verdes, de siete perros verdes, de siete mares verdes, la recorre, la besa, la humedece, y se golpea el pecho repitiendo su nombre». –Hizo una pausa satisfecho–. ¿Qué te parece?

–Raro.

–«Raro.» ¡Qué crítico más severo que eres!

–No, don Pablo. Raro no lo es el poema. Raro es como *yo* me sentía cuando usted recitaba el poema.

–Querido Mario, a ver si te desenredas un poco, porque no puedo pasar toda la mañana disfrutando de tu charla.

–¿Cómo se lo explicara? Cuando usted decía el poema, las palabras iban de acá pa'llá.

–¡Como el mar, pues!

–Sí, pues, se movían igual que el mar.

–Eso es el ritmo.

–Y me sentí raro, porque con tanto movimiento me marié.

–Te mareaste.

–¡Claro! Yo iba como un barco temblando en sus palabras.

Los párpados del poeta se despegaron lentamente.

–«Como un barco temblando en mis palabras.»

–¡Claro!

–¿Sabes lo que has hecho, Mario?

–¿Qué?

–Una metáfora.

–Pero no vale, porque me salió de pura casualidad, no más.

–No hay imagen que no sea casual, hijo.

Mario se llevó la mano al corazón, y quiso controlar un aleteo desaforado que le había subido hasta la lengua y que pugnaba por estallar entre sus dientes. Detuvo la caminata, y con un dedo impertinente manipulado a centímetros de la nariz de su emérito cliente, dijo:

–Usted cree que todo el mundo, quiero decir *todo* el

mundo, con el viento, los mares, los árboles, las montañas, el fuego, los animales, las casas, los desiertos, las lluvias...

–... ahora ya puedes decir «etcétera».

–... ¡los etcéteras! ¿Usted cree que el mundo entero es la metáfora de algo?

Neruda abrió la boca, y su robusta barbilla pareció desprendérsele del rostro.

–¿Es una huevada lo que le pregunté, don Pablo?

–No, hombre, no.

–Es que se le puso una cara tan rara.

–No, lo que sucede es que me quedé pensando.

Espantó de un manotazo un humo imaginario, se levantó los desfallecientes pantalones y, punzando con el índice el pecho del joven, dijo:

–Mira, Mario. Vamos a hacer un trato. Yo ahora me voy a la cocina, me preparo una omelette de aspirinas para meditar tu pregunta, y mañana te doy mi opinión.

–¿En serio, don Pablo?

–Sí, hombre, sí. Hasta mañana.

Volvió a su casa y, una vez junto al portón, se recostó en su madera y cruzó pacientemente los brazos.

–¿No se va a entrar? –le gritó Mario.

–Ah, no. Esta vez espero a que te vayas.

El cartero apartó la bicicleta del farol, hizo sonar jubiloso su campanilla, y, con una sonrisa tan amplia que abarcaba poeta y contorno, dijo:

–Hasta luego, don Pablo.

–Hasta luego, muchacho.

El cartero Mario Jiménez tomó literalmente las palabras del poeta, e hizo la ruta hasta la caleta escrutando los vaivenes del océano. Aunque las olas eran muchas, el mediodía inmaculado, la arena muelle y la brisa leve, no prosperó ninguna metáfora. Todo lo que en el mar era elocuencia, en él fue mudez. Una afonía tan enérgica, que hasta las piedras le parecieron parlanchinas en comparación.

Fastidiado con la hosquedad de la naturaleza, se hizo el ánimo de avanzar hasta la hostería para consolarse con una botella de vino, y si encontraba algún ocioso merodeando en el bar desafiarlo a un partido de taca-taca. A falta de estadio en el pueblo, los jóvenes pescadores satisfacían sus inquietudes deportivas con el lomo curvo sobre las mesas del futbolito.

Desde lejos lo alcanzó el estruendo de los golpes metálicos junto a la música del Wurlitzer, que rasguñaba una vez más los surcos de *Mucho amor* por los Ramblers, cuya popularidad se había extinguido hacía una década en la capital, pero que en el pequeño pueblo seguía siendo actual. Adivinando que a la depresión se le sumaría el fastidio de la rutina, entró al local dispuesto a convertir en vino la propina del poeta, cuando lo invadió una embriaguez más cabal que la que ningún mosto le había provocado en su breve vida: jugando con los oxidados muñecos azules, se encontraba la muchacha más hermosa que recordara haber visto, incluidas actrices, acomodadoras de cine, peluqueras, colegialas, turistas y vendedoras de discos. Aunque su ansiedad por las chicas equivalía casi a su timidez –situación que lo cocinaba en frustraciones– esta vez avanzó hasta la mesa de taca-taca con la osadía de la inconsciencia. Se detuvo detrás del arquero rojo, disimuló con perfecta ineficiencia su fascinación acompañando con ojos saltarines los vaivenes de la pelota, y, cuando la chica hizo tronar el metal de la valla con un gol, levantó la vista hacia ella con la sonrisa más seductora que pudo improvisar. Ella respondió a tal cordialidad con un gesto conminándolo a que se hiciera cargo de la delantera del equipo rival. Mario casi no había advertido que la muchacha jugaba contra una amiga, y sólo se dio cuenta cuando la golpeó con la cadera desplazándola hacia la defensa. Pocas veces en su vida había notado que tenía un corazón tan violento. La sangre le bombeaba con tal vigor, que se pasó la mano por el pecho tratando de apaciguarlo. Entonces ella golpeó el blanco balón en el canto de la mesa, hizo el gesto de llevarlo hasta el otrora círculo central, desteñido por las décadas, y, cuando Mario se dispuso a maniobrar sus barras para impresionarla con la destreza de sus muñecas, la muchacha levantó la pelota y se la puso entre medio de unos dientes que brillaron en ese humilde patio, sugiriéndole una lluvia de plata. Enseguida adelantó su torso ceñido en una blusa dos números más pequeños de lo que exigían sus persuasivos senos, y lo invitó a que cogiera el balón de su boca. Indeciso entre la humillación y la hipnosis, el cartero alzó vacilante la mano derecha, y, cuando sus dedos estuvieron a punto de tocar el balón, la chica se apartó y la sonrisa irónica dejó su brazo suspendido en el aire, como en un ridículo brindis para festejar sin vaso y sin champagne un amor que jamás se concretaría. Luego balanceó su cuerpo camino al bar, y sus piernas parecieron ir bailando al compás de una música más sinuosa que la ofrecida por los Ramblers. Mario no tuvo necesidad de un espejo para adivinar que su rostro estaría rojo y húmedo. La otra muchacha se ubicó en el puesto abandonado y, con un severo golpe del balón sobre el marco, quiso despertarlo de su trance. Mustio, el cartero alzó la vista desde la pelota hasta los ojos de su nuevo rival, y, aunque se había definido frente al océano Pacífico como inepto para comparaciones y metáforas, se dijo con rabia que el juego propuesto por esa pálida pueblerina sería a) más fome que bailar con la hermana, b) más aburrido que domingo sin fútbol y c) tan entretenido como carrera de caracoles.

Sin dedicarle ni una pestañeada de despedida, siguió el rumbo de su adorada hacia el mesón del bar, se derrumbó sobre una silla como en una butaca de cine, y durante largos minutos la contempló extasiado, mientras la chica echaba su aliento en las rústicas copas y luego las frotaba con un trapo bordado de copihues, hasta dejarlas impecables.

El telegrafista Cosme tenía dos principios. El socialismo, a favor del cual arengaba a sus subordinados, de modo superfluo, por lo demás, porque todos eran convencidos o activistas, y el uso de la gorra de correos dentro de la oficina. Podía tolerar a Mario esa enmarañada melena que superaba con raigambre proletaria el corte de los Beatles, los blue-jeans infectados por manchas de aceite del engranaje de la bicicleta, la chaqueta descolorida de peón, su hábito de investigarse la nariz con el meñique; pero la sangre le hervía cuando lo veía llegar sin el copete. De modo que cuando el cartero entró maciliento hacia la mesa clasificadora de correspondencia diciéndole un exangüe «buenos días», lo frenó con un dedo en el cuello, lo condujo hasta la percha donde colgaba el sombrero, se lo calzó hasta las cejas, y sólo entonces lo incitó a que repitiera el saludo.

–Buenos días, jefe.

–Buenos días –rugió.

–¿Hay cartas para el poeta?

–Muchas. Y también un telegrama.

–¿Un telegrama?

El muchacho lo levantó, intentó discernir al trasluz su contenido, y en un santiamén estuvo en la calle montado en la bicicleta. Ya iba pedaleando, cuando Cosme le gritó desde la puerta con el resto del correo en la mano.

–Se te quedan las otras cartas.

–Las llevaré después –dijo alejándose.

–Eres un tonto –gritó don Cosme–. Tendrás que hacer dos viajes.

–No soy ningún tonto, jefe. Veré al poeta dos veces.

En el portón de Neruda, se colgó de la soga que accionaba la campanilla más allá de toda discreción. Tres minutos de esas dosis no produjeron la presencia del poeta. Puso la bicicleta contra el farol, y, con un resto de fuerzas, corrió hacia el roquerío de la playa, donde descubrió a Neruda de rodillas cavando en la arena.

–Tuve suerte –gritó mientras saltaba sobre las rocas acercándosele–. ¡Telegrama!

–Tuviste que madrugar, muchacho.

Mario llegó hasta su lado, y le dedicó al poeta diez segundos de jadeo antes de recuperar el habla.

–No me importa. Tuve mucha suerte, porque necesito hablar con usted.

–Debe ser muy importante. Bufas como un caballo.

Mario se limpió el sudor de la frente de un manotazo, secó el telegrama en sus muslos, y se lo puso en la mano del poeta.

–Don Pablo –declaró solemne–. Estoy enamorado.

El vate hizo del telegrama un abanico, que procedió a sacudir ante su barbilla.

–Bueno –repuso– no es tan grave. Eso tiene remedio.

–¿Remedio? Don Pablo, si eso tiene remedio, yo sólo quiero estar enfermo. Estoy enamorado, perdidamente enamorado.

La voz del poeta, tradicionalmente lenta, pareció dejar caer esta vez dos piedras, en vez de palabras.

–¿Contra quién?

–¿Don Pablo?

–¿*De* quién, hombre?

–Se llama Beatriz.

–¡Dante, diantres!

–¿Don Pablo?

–Hubo una vez un poeta que se enamoró de una tal Beatriz. Las Beatrices producen amores inconmensurables.

El cartero esgrimió su bolígrafo Bic, y raspó con él la palma de su izquierda.

–¿Qué haces?

–Me escribo el nombre del poeta ese. Dante.

–Dante Alighieri.

–Con «h».

–No, hombre, con «a».

–¿«A» como «amapola»?

–Como «amapola» y «apio».

–¿Don Pablo?

El poeta extrajo su bolígrafo verde, puso la palma del chico sobre la roca, y escribió con letras pomposas. Cuando se disponía a abrir el telegrama, Mario se golpeó la ilustre palma sobre la frente, y suspiró:

–Don Pablo, estoy enamorado.

–Eso ya lo dijiste. ¿Y yo en qué puedo servirte?

–Tiene que ayudarme.

–¡A mis años!

–Tiene que ayudarme, porque no sé qué decirle. La veo delante mío y es como si estuviera mudo. No me sale una sola palabra.

–¡Cómo! ¿No has hablado con ella?

–Casi nada. Ayer me fui paseando por la playa como usted me dijo. Miré el mar mucho rato, y no se me ocurrió ninguna metáfora. Entonces, entré a la hostería y me compré una botella de vino. Bueno, fue ella la que me vendió la botella.

–Beatriz.

–Beatriz. Me la quedé mirando, y me enamoré de ella.

Neruda se rascó su plácida calvicie con el dorso del lápiz.

–Tan rápido.

–No, tan rápido no. Me la quedé mirando como diez minutos.

–¿Y ella?

–Y ella me dijo: «¿Qué miras, acaso tengo monos en la cara?».

–¿Y tú?

–A mí no se me ocurrió nada.

–¿Nada de nada? ¿No le dijiste ni una palabra?

–Tanto como nada de nada, no. Le dije cinco palabras.

–¿Cuáles?

–¿Cómo te llamas?

–¿Y ella?

–Ella me dijo «Beatriz González».

–Le preguntaste «cómo te llamas». Bueno eso hace tres palabras. ¿Cuáles fueron las otras dos?

–«Beatriz González.»

–Beatriz González.

–Ella me dijo «Beatriz González» y entonces yo repetí «Beatriz González».

–Hijo, me has traído un telegrama urgente y si seguimos conversando sobre Beatriz González, la noticia se me va a podrir en las manos.

–Está bien, ábrelo.

–Tú como cartero, debieras saber que la correspondencia es privada.

–Yo jamás le he abierto una carta.

–No digo eso. Lo que quiero decir es que uno tiene derecho a leer sus cartas tranquilo, sin espías ni testigos.

–Comprendo, don Pablo.

–Me alegro.

Mario sintió que la congoja que lo invadía, era más violenta que su sudor. Con voz taimada, susurró:

–Hasta luego, poeta.

–Hasta luego, Mario.

El vate le alcanzó un billete de la categoría «muy bien» con la esperanza de cerrar con las artes de la generosidad el episodio. Pero Mario lo contempló agónico, y, devolviéndoselo, dijo:

–Si no fuera mucha la molestia, me gustaría que en vez de darme dinero me escribiera un poema para ella.

Hacía años que Neruda no corría, pero ahora sintió la compulsión de ausentarse de ese pasaje, junto a aquellas aves migratorias que con tanta dulzura había cantado Bécquer. Con la velocidad que le permitieron sus años y su cuerpo, se alejó hacia la playa alzando los brazos al cielo.

–Pero si ni siquiera la conozco. Un poeta necesita conocer a una persona para inspirarse. No puede llegar e inventar algo de la nada.

–Mire, poeta –lo persiguió el cartero–. Si se hace tantos problemas por un simple poema, jamás ganará el Premio Nobel.

Neruda se detuvo sofocado.

–Mira, Mario, te ruego que me pellizques para despertarme de esta pesadilla.

–¿Entonces, qué le digo, don Pablo? Usted es la única persona en el pueblo que puede ayudarme. Todos los demás son pescadores que no saben decir nada.

–Pero esos pescadores también se enamoraron, y lograron decirles algo a las muchachas que les gustaban.

–¡Cabezas de pescado!

–Pero las enamoraron y se casaron con ellas. ¿Qué hace tu padre?

–Pescador, pu'.

–¡Ahí tienes! Alguna vez debe haber hablado con tu madre, para convencerle de que se casara con él.

–Don Pablo: la comparación no vale, porque Beatriz es mucho más linda que mi madre.

–Querido Mario, no resisto la curiosidad de leer el telegrama. ¿Me permites?

–Con mucho gusto.

–Gracias.

Neruda quiso rasgar el sobre con el mensaje, pero al hacerlo lo descuartizó. Elevándose sobre la punta de los pies, Mario intentó espiar el contenido sobre su hombro.

–No es de Suecia, ¿no?

–No.

–¿Usted cree que le darán el Premio Nobel este año?

–Ya dejé de preocuparme de eso. Me parece irritante ver aparecer mi nombre en las competencias anuales, como si yo fuera un caballo de carreras.

–¿De quién es el telegrama entonces?

–Del Comité Central del Partido.

El poeta hizo una pausa trágica.

–Muchacho, ¿no será hoy por casualidad martes y trece?

–¿Malas noticias?

–¡Pésimas! ¡Me ofrecen ser candidato a la Presidencia de la República!

–¡Don Pablo, pero eso es formidable!

–Formidable que te nombren. Pero, ¿y si llego a ser elegido?

–Claro que va a ser elegido. A usted lo conoce todo el mundo. En la casa de mi padre hay un solo libro y es suyo.

–¿Y eso qué prueba?

–¿Cómo que qué prueba? Si mi papá que no sabe leer ni escribir, tiene un libro suyo, eso significa que ganaremos.

–¿«Ganaremos»?

–Claro, yo voy a votar por usted de todas maneras.

–Agradezco tu apoyo.

Neruda dobló los restos mortales del telegrama y los sepultó en el bolsillo trasero de su pantalón. El cartero lo estaba mirando con una expresión húmeda en los ojos que al vate le recordó un cachorro bajo la llovizna de Parral.

Sin una mueca, dijo:

—Ahora vamos a la hostería a conocer a esa famosa Beatriz González.

—Don Pablo, está bromeando.

—Hablo en serio. Nos vamos hasta el bar, probamos un vinito, y le echamos una mirada a la novia.

—Se va a morir de impresión si nos ve juntos. ¡Pablo Neruda y Mario Jiménez tomando vino juntos en la hostería! ¡Se muere!

—Eso sería muy triste. En vez de escribirle un poema habría que confeccionarle un epitafio.

El vate echó a andar enérgicamente, pero al ver que Mario se quedaba atrás embobado en el horizonte, se dio vuelta y le dijo:

—¿Y ahora qué pasa?

Corriendo, el cartero estuvo pronto a su lado y lo miró a los ojos:

—Don Pablo, si me caso con Beatriz González, ¿usted aceptaría ser el padrino de la boda?

Neruda se acarició la barbilla perfectamente rasurada, fingió cavilar la respuesta, y luego se llevó un dedo apodíctico a la frente.

—Después que nos tomemos el vino en la hostería, vamos a decidir sobre las dos cuestiones.

—¿Cuáles dos?

—La Presidencia de la República y Beatriz González.

Cuando el pescador vio entrar en la hostería a Pablo Neruda acompañado de un joven anónimo, quien más que cargar una bolsa de cuero parecía estar aferrado a ella, decidió alertar a la nueva mesonera de la parcialmente distinguida concurrencia.

–¡Buscan!

Los recién llegados ocuparon dos sillas frente al mesón, y vieron que lo atravesaba una muchacha de unos diecisiete años con un pelo castaño enrulado y deshecho por la brisa, unos ojos marrones tristes y seguros, rotundos como ciruelas, un cuello que se deslizaba hacia unos senos maliciosamente oprimidos por esa camiseta blanca con dos números menos de los precisos, dos pezones, aunque cubiertos, alborotadores, y una cintura de esas que se cogen para bailar tango hasta que la madrugada y el vino se agotan. Hubo un breve lapso, el necesario para que la chica dejase el mesón e ingresara al tablado de la sala, antes de que hiciera su epifanía aquella parte del cuerpo que sostenía los atributos. A saber, el sector básico de la cintura que se abría en un par de caderas mareadoras, sazonadas por una minifalda que era una llamada de atención sobre las piernas y que, tras deslizarse sobre las rodillas cobrizas, concluían como una lenta danza en un par de pies descalzos, agrestes y circulares, pues desde allí la piel reclamaba el retorno minucioso por cada segmento hasta alcanzar esos ojos cafés, que habían sabido pasar de la melancolía a la malicia en cuanto estuvieron sobre la mesa de los huéspedes.

—El rey del futbolito —dijo Beatriz González, apoyando su meñique sobre el hule de la mesa—. ¿Qué se va a servir?

Mario mantuvo su mirada en los ojos de ella y durante medio minuto intentó que su cerebro lo dotara de las informaciones mínimas para sobrevivir el trauma que lo oprimía: quién soy, dónde estoy, cómo se respira, cómo se habla.

Aunque la chica repitió «Qué se va a servir» tamborileando con todo el elenco de sus frágiles dedos sobre la mesa, Mario Jiménez sólo atinó a perfeccionar su silencio. Entonces, Beatriz González dirigió la imperativa mirada sobre su acompañante, y emitió con una voz modulada por esa lengua que fulguraba entre los abundantes dientes, una pregunta que en otras circunstancias Neruda hubiera considerado como rutinaria:

—¿Y qué se va a servir usted?

—Lo mismo que él —respondió el vate.

Dos días más tarde, un afanoso camión cubierto por afiches con la imagen del vate que rezaban «Neruda, presidente» llegó a secuestrarlo de su refugio. El poeta resumió la impresión en su Diario: «La vida política vino como un trueno a sacarme de mis trabajos. La multitud humana ha sido para mí la lección de mi vida. Puedo llegar a ella con la inherente timidez del poeta, con el temor del tímido, pero, una vez en su seno, me siento transfigurado. Soy parte de la esencial mayoría, soy una hoja más del gran árbol humano».

Una mustia hoja de ese árbol acudió a despedirlo: el cartero Mario Jiménez. No tuvo consuelo ni cuando el poeta, tras abrazarlo, le obsequiara con cierta pompa la edición Losada en papel biblia y dos volúmenes encuadernados en cuero rojo de sus Obras Completas. No lo abandonó la desazón tampoco al leer la dedicatoria que otrora hubiera superado su anhelo: «A mi entrañable amigo y compañero Mario Jiménez, Pablo Neruda».

Vio partir el camión por el sendero de tierra, y deseó que ese polvo que levantaba lo hubiera cubierto definitivamente como a un robusto cadáver.

Por lealtad al poeta, juró no quitarse la vida, sin antes haber leído cada una de esas tres mil páginas. Las primeras cincuenta las despachó al pie del campanario, mientras el mar, que tantas fulgurantes imágenes inspirara al poeta, lo distraía cual un monótono consueta con el estribillo: «Beatriz González, Beatriz González».

Anduvo dos días merodeando el mesón con los tres volúmenes amarrados a la parrilla de la bicicleta, y un cuaderno marca Torre que adquirió en San Antonio, donde se propuso anotar las eventuales imágenes que su trato con la torrencial lírica del maestro le ayudara a concebir. En ese lapso, los pescadores lo vieron afanarse con el lápiz, desfalleciente a las fauces del océano, sin saber que el muchacho llenaba las hojas con deslavados círculos y triángulos, cuyo nulo contenido era una radiografía de su imaginación. Bastaron esas pocas horas para que corriera la voz en la caleta, que ausente Pablo Neruda de isla Negra, el cartero Mario Jiménez se empeñaba en heredar su cetro. Profesionalmente ocupado de su minucioso desconsuelo, no se percató de los chismes y pullas, hasta que una tarde en que trajinaba las páginas finales de «Extravagario» sentado en el mole, donde los pescadores ofrecían sus mariscos, llegó una camioneta con altavoces que proclamaba entre chirridos la consigna «A parar al marxismo con el candidato de Chile: Jorge Alessandri», matizada por otra no tan ingeniosa, pero al menos cierta: «Un hombre con experiencia en el gobierno: Jorge Alessandri Rodríguez». Del bullicioso vehículo descendieron dos hombres vestidos de blanco, y se acercaron al grupo con sonrisas pletóricas, escasas en las inmediaciones donde la carencia de dientes no favorecía esos derroches. Uno de ellos era el diputado Labbé, representante de la derecha en la zona, quien había prometido en la última campaña extender el servicio eléctrico hasta la caleta, y que lentamente se iba acercando a cumplir su juramento como constaba con la inauguración de un desconcertante semáforo –aunque con los tres colores reglamentarios– en el cruce de tierra por donde transitaba el camión que recogía pescados, la bicicleta Lagnano de Mario Jiménez, burros, perros y aturdidas gallinas.

–Aquí estamos, trabajando por Alessandri –dijo, mientras extendía volantes al grupo.

Los pescadores los tomaron con la cortesía que dan los años de izquierda y analfabetismo, miraron la foto del anciano ex mandatario, cuya expresión calzaba con sus prácticas y prédicas austeras, y metieron la hoja en los bolsillos de sus camisas. Sólo Mario se la extendió de vuelta.

–Yo voy a votar por Neruda –dijo.

El diputado Labbé extendió la sonrisa dedicada a Mario al grupo de pescadores. Todos se quedaban prendados de la simpatía de Labbé. Alessandri mismo quizá lo sabía, y por eso lo enviaba a hacerle campaña entre pescadores eruditos en anzuelos para pescar, y en evitarlos para ser cazados.

–Neruda –repitió Labbé, dando la impresión que las sílabas del nombre del vate recorrieran cada uno de sus dientes–. Neruda es un gran poeta. Quizá el más grande de todos los poetas. Pero, señores, francamente no lo veo como presidente de Chile.

Acosó con el volante a Mario, diciéndole:

–Léelo, hombre. A lo mejor te convences.

El cartero se guardó el papel doblado en el bolsillo, mientras el diputado se agachaba a remover las almejas de un canasto.

–¿A cuánto tienes la docena?

–¡A ciento cincuenta, para usted!

–¡Ciento cincuenta! ¡Por ese precio, me tienes que garantizar que cada almeja trae una perla!

Los pescadores se rieron, contagiados por la naturalidad de Labbé; esa gracia que tienen algunos ricos chilenos que crean un ambiente grato, allí donde se paran. El diputado se levantó, con un par de pasos se distanció de Mario, y, llevando ahora la simpatía de su áulica sonrisa casi hasta la bienaventuranza, le dijo en voz lo bastante alta como para que nadie quedara sin escuchar:

–He oído que te ha dado por la poesía. Dicen que le haces la competencia a Pablo Neruda.

Las carcajadas de los pescadores explotaron tan rápidas como el rubor en su piel: se sintió atorado, atarugado, asfixiado, turbado, atrofiado, tosco, zafio, encarnado, escarlata, carmesí, bermejo, bermellón, púrpura, húmedo, abatido, aglutinado, final. Esta vez acudieron palabras a su mente, pero fueron: «Quiero morirme».

Mas entonces, el diputado con un gesto principesco le ordenó a su asistente que extrajera algo del maletín de cuero. Lo que salió a brillar bajo el sol de la caleta, fue un álbum forrado en cuero azul con dos letras en polvo dorado, cuya noble textura casi hacía palidecer el buen cuero de la edición Losada del vate.

Un hondo cariño alcanzó hasta los ojos de Labbé al pasarle el álbum y decirle:

–Toma, muchacho. Para que escribas tus poemas.

Lento y deliciosamente, el rubor se fue borrando de su piel como si una fresca ola hubiera llegado a salvarlo, y la brisa lo secara, y la vida fuera, sino bella, al menos tolerable. Su primer respiro fue hondamente suspirado, y con una sonrisa proletaria, pero no menos simpática que la de Labbé, dijo mientras sus dedos se deslizaban por la pulida superficie de cuero azul:

–Gracias, señor Labbé.

Eran así de satinadas las hojas del álbum, tan inmaculada su blancura, que Mario Jiménez encontró un feliz pretexto para no escribir sus versos en ellas. Recién cuando hubiera borroneado el cuaderno Torre de pruebas, tomaría la iniciativa de desinfectarse las manos con jabón Flores de Pravia, y expurgaría sus metáforas para transcribir sólo las mejores, con un bolígrafo verde como los que extenuaba el vate. Su infertilidad creció en las semanas siguientes en proporción contradictoria con su fama de poeta. Tanto se había divulgado su coqueteo con las musas, que la voz llegó hasta el telegrafista, quien lo conminó a leer algunos de sus versos en un acto político-cultural del Partido Socialista de San Antonio. El cartero transó en recitar la *Oda al viento* de Neruda, acontecimiento que le valió una pequeña ovación, y la requisitoria de que en nuevas reuniones distrajera a militantes y simpatizantes con la «Oda al caldillo de congrio». Muy *ad hoc*, el telegrafista se propuso organizar la nueva velada entre los pescadores del puerto.

Ni sus apariciones en público, ni la pereza que alentó el hecho de no tener cliente a quien distribuirle la correspondencia, mitigaron el anhelo de abordar a Beatriz González, quien perfeccionaba día a día su belleza ignorante del efecto que estos progresos causaban en el cartero.

Cuando finalmente éste hubo memorizado una cuota generosa de versos del vate y se propuso administrarlos para seducirla, se dio de bruces con una institución temible en Chile: las suegras. Una mañana en que disimuló pacientemente bajo el farol de la esquina que la esperaba, cuando vio a Beatriz abrir la puerta de su casa, y saltó hacia ella rezando su nombre, irrumpió la madre en escena, la cual lo fichó como a un insecto y le dijo «buenos días» con un tono, que inconfundiblemente significaba «desaparece».

Al día siguiente, optando por una estrategia diplomática, en un momento en que su adorada no estaba en la hostería, llegó hasta el bar, puso su bolsa sobre el mesón, y pidió a la madre una botella de vino de excelente marca, que procedió a deslizar entre cartas e impresos.

Tras carraspear, dedicó una mirada a la hostería como si la viera por primera vez, y dijo:

–Es lindo este local.

La madre de Beatriz, repuso cortésmente:

–Yo no le he preguntado nada su opinión.

Mario clavó la vista en su bolsa de cuero, con ganas de hundirse en ella y hacerle compañía a la botella. Carraspeó nuevamente:

–Se le ha juntado mucha correspondencia a Neruda. Yo la ando trayendo para que no se pierda.

La mujer se cruzó de brazos y alzando su arisca nariz, dijo:

–Bueno, ¿y pa'qué me cuenta todo eso? ¿O acaso quiere meterme conversa?

Estimulado por este fraternal diálogo, en el crepúsculo del mismo día y cuando el sol naranja haría las delicias de aprendices de bardos y enamorados, sin darse cuenta que la madre de la muchacha le observaba desde el balcón de su casa, siguió los pasos de Beatriz por la playa y a la altura de los roqueríos, con el corazón en la mandíbula, le habló. Al comienzo con vehemencia, pero luego, como si él fuera una marioneta y Neruda su ventrílocuo, logró una fluidez que permitió a las imágenes tramarse con tal encanto, que la charla, o mejor dicho el recital, duró hasta que la oscuridad fue perfecta.

Cuando Beatriz volvió del roquerío directamente a la hostería, y levantó sonámbula de la mesa una botella a medio consumir que dos pescadores aligeraban tarareando el bolero *La vela* de Roberto Lecaros, provocándoles estupor, para luego avanzar con el mal habido licor hacia su casa, la madre se dijo que era hora de cerrar, condonó el pago del frustrado consumo a sus clientes, los acompañó hasta la puerta, y puso en acción el candado.

La encontró en la habitación expuesta al viento otoñal, la mirada acosada por la oblicua luna llena, la penumbra difusa sobre la colcha, la respiración alborotada.

–¿Qué haces? –le preguntó.

–Estoy pensando.

De un manotazo accionó el interruptor, y la luz agredió su rostro huido.

–Si estás pensando, quiero ver qué cara pones cuando piensas. –Beatriz se cubrió los ojos con las manos–. ¡Y con la ventana abierta en pleno otoño!

–Es mi pieza, mamá.

–Pero las cuentas del médico las pago yo. Vamos a hablar claro, hijita. ¿Quién es él?

–Se llama Mario.

–¿Y qué hace?

–Es cartero.

–¿Cartero?

–¿Que no le vio el bolsón?

–Claro que le vi el bolsón. Y también vi para qué usó el bolsón. Para meter una botella de vino.

–Porque ya había terminado el reparto.

–¿A quién le lleva cartas?

–A don Pablo.

–¿Neruda?

–Son amigos, pues.

–¿Él te lo dijo?

–Yo los vi juntos. El otro día estuvieron conversando en la hostería.

–¿De qué hablaron?

–De política.

–¡Ah, además es comunista!

–Mamá, Neruda va a ser presidente de Chile.

–Mijita, si usted confunde la poesía con la política, lueguito va a ser madre soltera. ¿Qué te dijo?

Beatriz tuvo la palabra en la punta de la lengua, pero la adobó algunos segundos con su cálida saliva.

–Metáforas.

La madre se aferró a la perilla del rústico catre de bronce, apretándola hasta convencerse de que podía derretirla.

–¿Qué le pasa mamá? ¿Qué se quedó pensando?

La mujer vino al lado de la chica, se dejó desvanecer sobre el lecho, y con voz desfalleciente, dijo:

–Nunca te oí una palabra tan larga. ¿Qué «metáforas» te dijo?

–Me dijo... Me dijo que mi sonrisa se extiende como una mariposa en mi rostro.

–¿Y qué más?

–Bueno, cuando dijo eso, yo me reí.

–¿Y entonces?

–Entonces dijo una cosa de mi risa. Dijo que mi risa era una rosa, una lanza que se desgrana, un agua que estalla. Dijo que mi risa era una repentina ola de plata.

La mujer humedeció con la lengua trémula sus labios.

–¿Y qué hiciste entonces?

–Me quedé callada.

–¿Y él?

–¿Qué más me dijo?

–No, mijita. ¡Qué más le hizo! Porque su cartero además de boca ha de tener manos.

–No me tocó en ningún momento. Dijo que estaba feliz de estar tendido junto a una joven pura, como a la orilla de un océano blanco.

–¿Y tú?

–Yo me quedé callada pensando.

–¿Y él?

–Me dijo que le gustaba cuando callaba porque estaba como ausente.

–¿Y tú?

–Yo lo miré.

–¿Y él?

–Él me miró también. Y después dejó de mirarme a los ojos y se estuvo un largo rato mirándome el pelo, sin decir nada, como si estuviera pensando. Y entonces me dijo «me falta tiempo para celebrar tus cabellos, uno por uno debo contarlos y alabarlos».

La madre se puso de pie y cruzó delante de su pecho las palmas de las manos, horizontales como los filos de una guillotina.

–Mijita, no me cuente más. Estamos frente a un caso muy peligroso. Todos los hombres que primero tocan con la palabra, después llegan más lejos con las manos.

–¡Qué van a tener de malo las palabras! –dijo Beatriz abrazándose a la almohada.

–No hay peor droga que el bla-bla. Hace sentir a una mesonera de pueblo como una princesa veneciana. Y después, cuando viene el momento de la verdad, la vuelta a la realidad, te das cuenta de que las palabras son un cheque sin fondo. ¡Prefiero mil veces que un borracho te toque el culo en el bar, a que te digan que una sonrisa tuya vuela más alto que una mariposa!

–¡Se *extiende* como una mariposa! –saltó Beatriz.

–¡Que vuele o que se extienda da lo mismo! ¿Y sabes por qué? Porque detrás de las palabras no hay nada. Son luces de bengala que se deshacen en el aire.

–Las palabras que me dijo Mario no se han deshecho en el aire. Las sé de memoria y me gusta pensar en ellas cuando trabajo.

–Ya me di cuenta. Mañana haces tu maleta y te vas unos días donde tu tía en Santiago.

–No quiero.

–Tu opinión no me importa. Esto se puso grave.

–¡Qué tiene de grave que un cabro te hable! ¡A todas las chiquillas les pasa!

La madre hizo un nudo en su chal.

–Primero, que se nota a la legua que las cosas que te dice se las ha copiado a Neruda.

Beatriz dobló el cuello y miró la pared como si se tratara del horizonte.

–¡No, mamá! Me miraba y le salían palabras como pájaros de la boca.

–Como «pájaros de la boca». ¡Esa misma noche haces tu maleta y partes a Santiago! ¿Sabes cómo se llama cuando uno dice cosas de otro y lo oculta? ¡Plagio! Y tu Mario puede ir a dar a la cárcel por andarte diciendo... ¡metáforas! Yo misma voy a telefonear al poeta, y le voy a decir que el cartero le anda robando los versos.

–¡Cómo se le ocurre, 'ñora, que don Pablo va a andar preocupándose de eso! Es candidato a la presidencia de la república, a lo mejor le dan el Premio Nobel, y usted le va a ir a conventillear por un par de metáforas.

La mujer se pasó el pulgar por la nariz igual que los boxeadores profesionales.

–«Un par de metáforas.» ¿Te has visto como estás?

Agarró a la chica de la oreja y la trajo hacia arriba, hasta que sus narices quedaron muy juntas.

–¡Mamá!

–Estás húmeda como una planta. Tienes una calentura, hija, que sólo se cura con dos medicinas. Las cachas o los viajes. –Soltó el lóbulo de la muchacha, extrajo la valija desde abajo del catre y la derramó sobre la colcha–. ¡Vaya haciendo su maleta!

–¡No pienso! ¡Me quedo!

–Mijita, los ríos arrastran piedras y las palabras embarazos. ¡La maletita!

–Yo sé cuidarme.

–¡Qué va a saber cuidarse usted! Así como la estoy viendo acabaría con el roce de una uña. Y acuérdese que yo leía a Neruda mucho antes que usted. No sabré yo que cuando los hombres se calientan, hasta el hígado se les pone poético.

–Neruda es una persona seria. ¡Va a ser presidente!

–Tratándose de ir a la cama no hay ninguna diferencia entre un presidente, un cura o un poeta comunista. ¿Sabes quién escribió «amo el amor de los marineros que besan y se van. Dejan una promesa, no vuelven nunca más»?

–¡Neruda!

–¡Claro, pu, Neruda! ¿Y te quedas tan chicha fresca?

–¡Yo no armaría tanto escándalo por un beso!

–Por el beso no, pero el beso es la chispa que arma el incendio. Y aquí tienes otro verso de Neruda: «Amo el amor que se reparte, en besos, *lecho* y pan». O sea, mijita, hablando en plata, la cosa es hasta con desayuno en la cama.

–¡Mamá!

–Y después su cartero le va a recitar el inmortal poema nerudiano que yo escribí en mi álbum, cuando tenía su misma edad, señorita: «Yo no lo quiero, amada, para que nada nos amarre, para que no nos una nada».

–Eso no lo entendí.

La madre fue armando con sus manos un imaginario globito que comenzaba a inflarse sobre su ombligo, alcanzaba su cenit a la altura del vientre, y declinaba al inicio de los muslos. Este fluido movimiento lo acompañó sincopando el verso en cada una de sus sílabas: «Yo-no-lo-quie-ro a-ma-da pa-ra que na-da nos a-ma-rre pa-ra que no nos u-na na-da».

Perpleja la chica terminó de seguir el turgente desplazamiento de los dedos de su madre y entonces, inspirada en la señal de viudez alrededor del anular de su mano, preguntó con la voz de un pajarito:

–¿El anillo?

La mujer había jurado no llorar más en su vida después de la muerte de su legítimo marido y padre de Beatriz, hasta que hubiera otro difunto tan querido en la familia. Mas esta vez, por lo menos una lágrima pugnó por saltarle de sus córneas.

–Sí, mijita. El anillo. Haga su maletita tranquilita, no más.

La muchacha mordió la almohada, y después, mostrando que esos dientes, aparte de seducir, podían deshilachar tanto telas como carnes, vociferó:

–¡Esto es ridículo! ¡Porque un hombre me dijo que la sonrisa me aleteaba en la cara como una mariposa, tengo que irme a Santiago!

–¡No sea pajarona! –reventó también la madre–. ¡*Ahora* tu sonrisa es una mariposa, pero mañana tus tetas van a ser dos palomas que quieren ser arrulladas, tus pezones van a ser dos jugosas frambuesas, tu lengua va a ser la tibia alfombra de los dioses, tu culo va a ser el velamen de un navío, y la cosa que ahora te humea entre las piernas va a ser el horno azabache donde se forja el erguido metal de la raza! ¡Buenas noches!

Una semana anduvo Mario con las metáforas atragantadas en la garganta. Beatriz, o estaba presa en su habitación, o salía a hacer las compras o a pasear hasta las rocas con las garras de la madre en su antebrazo. Las seguía a mucha distancia escamoteándose entre las dunas, con la certidumbre de que su presencia era una roca sobre la nuca de la señora. Cada vez que la chica se daba vuelta, la mujer la enderezaba con un tirón de orejas, no por protector menos doloroso.

Por las tardes, oía inconsolable *La vela* desde las afueras de la hostería, con la esperanza de que alguna sombra se la trajera en esa minifalda que hasta alturas soñaba levantar con la punta de su lengua. Con mística juvenil, decidió no aliviar mediante ningún arte manual la fiel y creciente erección que disimulaba bajo los volúmenes del vate por el día, y que se prohibía hasta la tortura por las noches. Se imaginaba, con perdonable romanticismo, que cada metáfora acuñada, cada suspiro, cada anticipo de la lengua de ella en sus lóbulos, entre sus piernas, era una fuerza cósmica que nutría su esperma. Con hectólitros de esa mejorada sustancia haría levitar de dicha a Beatriz González, el día en que Dios se decidiera a probar que existía poniéndola en sus brazos, ya fuera vía infarto de miocardio de la madre o rapto famélico.

Fue el domingo de esa semana cuando el mismo camión rojo que se había llevado a Neruda dos meses antes, lo trajo de vuelta a su refugio de isla Negra. Sólo que ahora, el vehículo venía forrado en carteles de un hombre con rostro de padre severo, pero con tierno y noble pecho de palomo. Debajo de cada uno de ellos, decía su nombre: Salvador Allende.

Los pescadores comenzaron a correr tras el camión, y Mario probó con ellos sus escasas dotes de atleta. En el portón de la casa, Neruda, el poncho doblado sobre el hombro, y su clásico jockey, improvisó un breve discurso que a Mario le pareció eterno:

—Mi candidatura agarró fuego —dijo el vate, oliendo el aroma de ese mar que también era su casa—. No había sitio donde no me solicitaran. Llegué a enternecerme ante aquellos centenares de hombres y mujeres del pueblo que me estrujaban, besaban y lloraban. A todos ellos les hablaba o les leía mis poemas. A plena lluvia, a veces, en el barro de calles y caminos. Bajo el viento austral que hace tiritar a la gente. Me estaba entusiasmando. Cada vez asistía más gente a mis concentraciones. Cada vez acudían más mujeres.

Los pescadores rieron.

—Con fascinación y terror comencé a pensar qué iba a hacer yo, si salía elegido presidente de la república. Entonces llegó la buena noticia. —El poeta extendió su brazo señalando los carteles sobre el camión—. Allende surgió como candidato único de todas las fuerzas de la Unidad Popular. Previa aceptación de mi partido, presenté rápidamente la renuncia a mi candidatura. Ante una inmensa y alegre multitud, hablé yo para renunciar y Allende para postularse.

Su auditorio aplaudió con una fuerza superior al número allí congregado, y cuando Neruda descendió de la pisadera, ávido de reencontrarse con su escritorio, caracoles, versos interrumpidos y mascarones de proa, Mario lo abordó con dos palabras que sonaron como una súplica.

–Don Pablo...

El poeta hizo un sutil movimiento, digno de torero, y evadió al muchacho.

–Mañana –le dijo–, mañana.

Esa noche el cartero entretuvo su insomnio contando estrellas, mascándose las uñas, apurando un áspero vino tinto y rascándose las mejillas.

Cuando al día siguiente el telegrafista presenció el espectáculo de sus restos mortales, antes de entregarle la correspondencia del vate, apiadóse, y le confidenció el único alivio realista que pudo pergueñar:

–Beatriz es ahora una belleza. Pero dentro de cincuenta años será una vieja. Consuélate con ese pensamiento.

Enseguida le extendió el paquete con el correo, y al soltar el elástico que lo ataba, una carta llamó de tal manera la atención del muchacho, que otra vez abandonó el resto sobre el mesón.

Encontró al poeta ambientándose con un opíparo desayuno en la terraza, mientras las gaviotas revoloteaban aturdidas por el reflejo del sol tajante sobre el mar.

–Don Pablo –sentenció con voz trascendente– le traigo una carta.

El poeta saboreó un sorbo de su penetrante café y levantó los hombros.

–Siendo tú cartero, no me extraña.

–Como amigo, vecino y compañero, le pido que me la abra y me la lea.

–¿Qué te lea una carta mía?

–Sí, porque es de la madre de Beatriz.

Se la extendió sobre la mesa, filuda como una daga.

–¿La madre de Beatriz me escribe a mí? Aquí hay gato encerrado. Y a propósito, recuerdo mi *Oda al gato*. Aún pienso que hay tres imágenes rescatables. El gato como mínimo tigre de salón, como la policía secreta de las habitaciones, y como el sultán de las tejas eróticas.

–Poeta, hoy no estoy para metáforas. La carta, por favor.

Al rasgar el sobre con el cuchillo de la mantequilla, procedió con tan voluntaria impericia, que la operación excedió el minuto. «Tiene razón la gente, cuando dice que la venganza es el placer de los dioses», pensó, mientras se detenía a estudiar el sello estampado sobre la carátula, considerando cada rizo de la barba del prócer que lo animaba, y simulaba descifrar el inescrutable timbre de la oficina de correos de San Antonio, partiendo una crujiente miga de pan que se había impregnado al remitente. Ningún maestro del cine policial, habría puesto al cartero en semejante suspenso. Huérfano de uñas, se mordió una por una las yemas de los dedos.

El poeta comenzó a leer el mensaje con el mismo sonsonete con que dramatizaba sus versos:

–«Estimado don Pablo. Quien le escribe es Rosa, viuda de González, nueva concesionaria de la hostería de la caleta, admiradora de su poesía, y simpatizante democratacristiana. Aunque no hubiera votado por usted, ni votaré por Allende en las próximas elecciones, le pido como madre, como chilena, y como vecina de isla Negra, una cita urgente para hablar con usted...»

A partir de este momento, más el estupor que la malicia, hizo que el vate leyera las últimas líneas en silencio. La súbita gravedad de su rostro hizo sangrar la cutícula del meñique del cartero. Neruda procedió a doblar la carta, ensartó al muchacho con su mirada y terminó de memoria:

–«... sobre un tal Mario Jiménez, *seductor de menores*. Sin otro particular, saluda atentamente a usted. Rosa, viuda de González.»

Se puso de pie con íntima convicción:

–Compañero Mario Jiménez, en esta cueva yo no me meto dijo el conejo.

Mario lo persiguió hasta su sala abrumada de caracoles, libros y mascarones de proa.

–No me puede dejar botado, don Pablo. Hable con la señora y pídale que no sea loca.

–Hijo, yo soy poeta nada más. No domino el eximio arte de destripar suegras.

–Usted tiene que ayudarme porque usted mismo escribió: «No me gusta la casa sin tejado, la ventana sin vidrios. No me gusta el día sin trabajo y la noche sin sueño. No me gusta el hombre sin mujer, ni la mujer sin hombre. Yo quiero que las vidas se integren encendiendo los besos hasta ahora apagados. Yo soy el buen poeta casamentero». ¡Supongo que ahora no me dirá que este poema es un cheque sin fondos!

Dos oleajes, uno de palidez y otro de asombro, parecieron treparle desde el hígado hasta los ojos. Humedeciéndose los labios, repentinamente secos, disparó:

–Según tu lógica, a Shakespeare habría que meterlo preso por el asesinato del padre de Hamlet. Si el pobre Shakespeare no hubiera escrito la tragedia, seguro que al padre no le pasaba nada.

–Por favor, poeta, no me enrede más de lo que estoy. Lo que yo quiero es muy simple. Hable con la señora, y pídale que me deje ver a Beatriz.

–¿Y con eso te declaras feliz?

–Feliz.

–¿Si ella te permite ver a la muchacha, me dejas en paz?

–Por lo menos, hasta mañana.

–Algo es algo. Vamos a telefonearle.

–¿Ahora mismo?

–Al tiro.

Levantando el fono, el vate saboreó los inconmensurables ojos del muchacho.

–Desde aquí, siento que el corazón te ladra como un perro. Sujétatelo con la mano, hombre.

–No puedo.

–Bien, dame el número de la hostería.

–«Uno.»

–Te debe haber costado un mundo memorizarlo.

Tras marcar, el cartero debió sufrir otra larga pausa antes de que el poeta hablara.

–¿Doña Rosa viuda de González?

–A sus órdenes.

–Aquí le habla Pablo Neruda.

El vate hizo algo que en general le incomodaba: pronunció su propio nombre imitando a un animador de televisión, que presenta a la estrella de moda. Mas, tanto la carta como las primeras escaramuzas con la voz de esa mujer le hacían intuir que era preciso acceder incluso a la impudicia, con tal de rescatar a su cartero del coma. Sin embargo, el efecto que su epónimo nombre solía ejercer, mereció de la viuda apenas un escueto:

–Ajá.

–Quería agradecerle su amable cartita.

–No tiene que agradecerme nada, señor. Quiero hablar con usted inmediatamente.

–Dígame, doña Rosa.

–¡Personalmente!

–¿Y dónde?

–Donde mande.

Neruda se concedió una tregua para pensar y dijo cauteloso:

–Entonces, en mi casa.

–Voy.

Antes de colgar, el poeta sacudió el fono como si quisiera ahuyentar algún resto de la voz de la mujer que se hubiera quedado dentro.

–¿Qué dijo? –suplicó Mario.

–«Voy.»

Neruda se sobó las manos, y cerrando resignado el cuaderno que se proponía llenar con verdes metáforas en su primer día de isla Negra, tuvo la magnificencia de darle al muchacho el ánimo que él mismo necesitaba:

–Por lo menos aquí jugamos de local, muchacho.

Fue hasta el tocadiscos, y, alzando un dedo súbitamente dichoso, proclamó:

–Te traje de Santiago un regalo muy especial. «El himno oficial de los carteros.»

Junto a estas palabras, la música de *Mister Postman* a cargo de los Beatles se expandió por la sala desestabilizando los mascarones de proa, volteando los veleros dentro de las botellas, haciendo chirriar los dientes de las máscaras africanas, despetrificando los adoquines, estriando la madera, amotinando las filigranas de las sillas artesanales, resucitando los amigos muertos inscritos en las vigas bajo el techo, haciendo humear las pipas largamente apagadas, guitarrear las panzudas cerámicas de Quinchamali, desprender perfumes a las cocottes de la Belle Époque que empapelaban los muros, galopar al caballo azul, y pitear la larga y vetusta locomotora arrancada de un poema de Whitman.

Y cuando el poeta le puso la carátula del disco en sus brazos, como entregándole la custodia de un recién nacido, y principió a bailar agitando sus lentos brazos de pelícano igual que los desmelenados campeones de los bailoteos de barrio, marcando el ritmo con esas piernas, que frecuentaron la tibieza de muslos de amantes exóticas o pueblerinas y que pisaron todos los caminos posibles de la tierra y aquellos inventados por su propia prosapia, dulcificando los golpes de la batería con la trabajosa pero decantada orfebrería de los años, Mario supo que vivía ahora un sueño: eran los prolegómenos de un ángel, la promesa de una gloria cercana, el ritual de una anunciación que le traería a sus brazos y a sus labios salados y sedientos la bulliciosa saliva de la amada. Un angelote de túnica en llamas –con la dulzura y parsimonia del poeta– le aseguraba unas prontas nupcias. Su rostro se engalanó con esa fresca alegría, y la esquiva sonrisa reapareció con la simplicidad de un pan sobre la mesa cotidiana. «Si un día muero –se dijo–, quiero que el cielo sea como este instante.»

Pero los trenes que conducen al paraíso son siempre locales y se enredan en estaciones húmedas y sofocantes. Sólo son expresos aquellos que viajan al infierno. Ese mismo ardor le sublevó las venas, al ver avanzar detrás de los ventanales a doña Rosa viuda de González accionando su cuerpo y pies enlutados, con la decisión de una metralleta. El poeta juzgó atinado escamotear al cartero tras una cortina, y luego, girando sobre sus talones, desprendió elegantemente su jockey ofreciéndole con un brazo a la señora el más muelle de sus sillones. La viuda, en cambio, rechazó la invitación y abrió ambas piernas. Dilatando su oprimido diafragma, puso de lado los rodeos:

–Lo que tengo que decirle es muy grave para hablar sentada.

–¿De qué se trata, señora?

–Desde hace algunos meses merodea mi hostería ese tal Mario Jiménez. Este señor se ha insolentado con mi hija de apenas dieciséis años.

–¿Qué le ha dicho?

La viuda escupió entre los dientes:

–Metáforas.

El poeta tragó saliva.

–¿Y?

–¡Que con las metáforas, pues Don Pablo, tiene a mi hija más caliente que una termita!

–Es invierno, doña Rosa.

–Mi pobre Beatriz se está consumiendo entera por ese cartero. Un hombre cuyo único capital son los hongos entre los dedos de sus pies trajinados. Pero si sus pies bullen de microbios, su boca tiene la frescura de una lechuga y es enredosa como un alga. Y lo más grave, don Pablo, es que las metáforas para seducir a mi niñita las ha copiado descaradamente de sus libros.

–¡No!

–¡Sí! Comenzó inocentemente hablando de una sonrisa que era una mariposa. ¡Pero después ya le dijo que su pecho era un fuego de dos llamas!

–¿Y la imagen empleada, usted cree que fue visual o táctil? –inquirió el vate.

–Táctil –repuso la viuda–. Ahora le prohibí salir de la casa hasta que el señor Jiménez escampe. Usted encontrará cruel que la aísle de esta manera, pero fíjese que le pillé chanchito este poema en medio del sostén.

–¿Chamuscado en medio del sostén?

La mujer desentrañó una indudable hoja de papel matemáticas marca Torre de su propio regazo, y la anunció cual acta judicial, subrayando el vocablo *desnuda* con sagacidad detectivesca:

> *Desnuda* eres tan simple como una de tus manos,
> lisa, terrestre, mínima, redonda, transparente,
> tienes líneas de luna, caminos de manzana,
> *desnuda* eres delgada como el trigo desnudo.
> *Desnuda* eres azul como la noche en Cuba,

tienes enredaderas y estrellas en el pelo.
Desnuda eres enorme y amarilla
como el verano en una iglesia de oro.

Estrujando el texto con repulsa, lo sepultó de vuelta en el delantal, y concluyó:

–¡Es decir, señor Neruda, que el cartero ha visto a mi hija en pelotas!

El poeta lamentó en ese momento haber suscrito la doctrina materialista de la interpretación del universo, pues tuvo urgencia de pedir misericordia al señor. Encogido, arriesgó una glosa sin la prestancia de esos abogados, que, como Charles Laughton, convencían hasta al muerto que aún no era cadáver:

–Yo diría, señora Rosa, que del poema no se concluye necesariamente el hecho.

La viuda escrutó al poeta con un desprecio infinito:

–Diecisiete años que la conozco, más nueve meses que la llevé en este vientre. El poema no miente, don Pablo: exactamente así, como dice el poema, es mi niñita cuando está desnuda.

«Dios mío», rogó el poeta, sin que le salieran las palabras.

–Yo le imploro a usted –expuso la mujer–, en quien se inspira y confía, que le ordene a ese tal Mario Jiménez, cartero y plagiario, que se abstenga desde hoy y para toda la vida de ver a mi hija. Y dígale que si así no lo hiciese, yo misma, *personalmente*, me encargaré de arrancarle los ojos como al otro carterito ese, el fresco de Miguel Strogoff.

Pese a que la viuda se había retirado, de alguna manera sus partículas quedaron vibrátiles en el aire. El vate dijo «hasta luego», se puso el jockey, y manoteó la cortina tras la cual se ocultaba el cartero.

–Mario Jiménez –dijo sin mirarlo–, estás pálido como un saco de harina.

El muchacho lo siguió hasta la terraza, donde el poeta trató de aspirar hondo el viento del mar.

–Don Pablo, si por fuera estoy pálido por dentro estoy lívido.

–No son los adjetivos los que van a salvarte de los hierros candentes de la viuda González. Ya te veo repartiendo cartas con un bastón blanco, un perro negro, y con las cuencas de tus ojos tan vacías como alcancía de mendigo.

–¡Si no la puedo ver a ella, para qué quiero mis ojos!

–¡Maestro, por muy desesperado que esté, en esta casa le permito que intente poemas pero no que me cante boleros! Esta señora González tal vez no cumpla su amenaza, pero si la lleva a cabo, podrás repetir con toda propiedad el cliché de que tu vida es oscura como la boca de un lobo.

–Si me hace algo, irá a la cárcel.

El vate practicó un semicírculo teatral por la espalda del chico, con la insidia con que Yago trajinaba los lóbulos de Otelo:

–Un par de horas, y después la pondrán en libertad incondicional. Alegará que procedió en defensa propia. Dirá en su descargo que atacaste la virginidad de su pupila con arma blanca: una metáfora cantarina como un puñal, incisiva como un canino, desgarradora como un himen. La poesía con su saliva bulliciosa habrá dejado su huella en los pezones de la novia. Por mucho menos que eso, a François Villon lo colgaron de un árbol y la sangre le brotaba como rosas del cuello.

Mario sintió sus ojos húmedos, y la voz le salió también mojada:

–No me importa que esa mujer me rasgue con una navaja cada uno de mis huesos.

–Lástima no tener un trío de guitarristas para que te hagan «tu-ru-ru-ru».

–Lo que me duele es no poder verla a ella –prosiguió absorto el cartero–. Sus labios de cereza y sus ojos lentos y enlutados, como si se los hubieran hecho la misma noche. ¡No poder oler esa tibieza que emana!

–A juzgar por lo que cuenta la vieja, más que tibia, flamígera.

–¿Por qué su madre me ahuyenta? Si yo quiero casarme con ella.

–Según doña Rosa, aparte de la mugre de tus uñas, no tienes otros ahorros.

–Pero estoy joven y sano. Tengo dos pulmones con más fuelle que un acordeón.

–Pero sólo los usas para suspirar por Beatriz González. Ya te sale un sonido asmático como de sirena de un barco fantasma.

–¡Ja! Con estos pulmones podría soplar las velas de una fragata hasta Australia.

–Hijo, si sigues padeciendo por la señorita González, de aquí a un mes no tendrás fuelle ni para apagar las velitas de tu torta de cumpleaños.

–Bueno, ¿entonces qué hago? –estalló Mario.

–¡Antes que nada no me grites, porque no soy sordo!

–Perdón, don Pablo.

Tomándole del brazo, Neruda le ilustró el camino.

–Segundo, te vas a tu casa a dormir una siesta. Tienes unas ojeras más hondas que plato de sopa.

–Hace una semana que no pego los ojos. Los pescadores me dicen «el búho».

–Y dentro de otra semana te van a poner en ese chaleco de madera llamado cariñosamente ataúd. Mario Jiménez, esta conversación es más larga que tren de carga. Hasta luego.

Habían alcanzado el portón y lo abrió con gesto rotundo. Pero hasta la barbilla de Mario se puso pétrea cuando fue empujado levemente hacia el camino.

–Poeta y compañero –dijo decidido–. Usted me metió en este lío, y usted de aquí me saca. Usted me regaló sus libros, me enseñó a usar la lengua para algo más que pegar estampillas. Usted tiene la culpa de que yo me haya enamorado.

–¡No, señor! Una cosa es que yo te haya regalado un par de mis libros, y otra bien distinta es que te haya autorizado a plagiarlos. Además, le regalaste el poema que yo escribí para Matilde.

–¡La poesía no es de quien la escribe, sino de quien la usa!

–Me alegra mucho la frase tan democrática, pero no llevemos la democracia al extremo de someter a votación dentro de la familia quién es el padre.

En un arrebato, el cartero abrió su bolsón y extrajo una botella de vino de la marca predilecta del poeta. El vate no pudo evitar que a la sonrisa siguiera una ternura muy semejante a la compasión. Avanzaron hasta la sala, levantó el fono y discó.

–¿Señora Rosa viuda de González? Le habla otra vez Pablo Neruda.

Aunque Mario quiso oír la réplica por el auricular, ésta sólo alcanzó el sufrido tímpano del poeta.

–«Y aunque fuera Jesús con sus doce apóstoles. El cartero Mario Jiménez jamás entrará en esta casa.»

Acariciándose el lóbulo, Neruda hizo vagar su mirada hacia el cenit.

–Don Pablo, ¿qué le pasa?

–Nada, hombre, nada. Sólo que ahora sé lo que siente un boxeador cuando lo noquean al primer round.

La noche del cuatro de septiembre, una noticia mareadora giró por el mundo: Salvador Allende había ganado las elecciones en Chile, como el primer marxista votado democráticamente.

La hostería de doña Rosa se vio en pocos minutos desbordada por pescadores, turistas primaverales, colegiales con licencia para hacer la cimarra al día siguiente y por el poeta Pablo Neruda, quien, con estrategia de estadista, abandonó su refugio sorteando los telefonazos de larga distancia de las agencias internacionales que querían entrevistarlo. El augurio de días mejores hizo que el dinero de los clientes fuera administrado con ligereza, y Rosa no tuvo más remedio que librar del cautiverio a Beatriz, para que la asistiera en la celebración.

Mario Jiménez se mantuvo a imprudente distancia. Cuando el telegrafista desmontó de su impreciso Ford 40 uniéndose a la fiesta, el cartero lo asaltó con una misión que la euforia política de su jefe recibió con benevolencia. Se trataba de un pequeño acto de celestinaje consistente en susurrarle a Beatriz, cuando las circunstancias lo permitieran, que él la esperaba en el cercano galpón donde se guardaban los aparejos de pesca.

El momento crucial se produjo cuando sorpresivamente el diputado Labbé hizo su entrada al local, con un terno blanco como su sonrisa, y, avanzando en medio de las pullas de los pescadores que le chistaban «sácate la cola» hasta el mesón donde Neruda aligeraba unas copas, le dijo con un gesto versallesco:

–Don Pablo, las reglas de la democracia son así. Hay que saber perder. Los vencidos saludan a los vencedores.

–Salud entonces, diputado –replicó Neruda, ofreciéndole un vino y levantando su propio vaso para chocarlo con el de Labbé. La concurrencia aplaudió, los pescadores gritaron «Viva Allende», luego «Viva Neruda», y el telegrafista administró con sigilo el mensaje de Mario, casi untando con sus labios el sensual lóbulo de la muchacha.

Desprendiéndose del chuico de vino y el delantal, la chica recogió un huevo del mesón, y fue avanzando descalza bajo los faroles de esa noche estrellada a la cita.

Al abrir la puerta del galpón, supo distinguir entre las confusas redes al cartero sentado sobre un banquillo de zapatero, el rostro azotado por la luz naranja de una lamparilla de petróleo. A su vez, Mario pudo identificar, convocando la misma emoción de entonces, la precisa minifalda y la estrecha blusa de aquel primer encuentro junto a la mesa del futbolito. Como concertados con su recuerdo, la muchacha alzó el oval y frágil huevo, y tras cerrar con el pie la puerta, lo puso cerca de sus labios. Bajándolo un poco hacia sus senos lo deslizó siguiendo el palpitante bulto con los dedos danzarines, lo resbaló sobre su terso estómago, lo trajo hasta el vientre, lo escurrió sobre su sexo, lo ocultó en medio del triángulo de sus piernas, entibiándolo instantáneamente, y entonces clavó una mirada caliente en los ojos de Mario. Éste hizo ademán de levantarse, pero la muchacha lo contuvo con un gesto. Puso el huevo sobre la frente, lo pasó sobre su cobriza superficie, lo montó sobre el tabique de la nariz y al alcanzar los labios se lo metió en la boca afirmándolo entre los dientes.

Mario supo en ese mismo instante, que la erección con

tanta fidelidad sostenida durante meses era una pequeña colina en comparación con la cordillera que emergía desde su pubis, con el volcán de nada metafórica lava que comenzaba a desenfrenar su sangre, a turbarle la mirada, y a transformar hasta su saliva en una especie de esperma. Beatriz le indicó que se arrodillara. Aunque el suelo era de tosca madera, le pareció una principesca alfombra, cuando la chica casi levitó hacia él y se puso a su lado.

Un ademán de sus manos le ilustró que tenía que poner las suyas en canastilla. Si alguna vez obedecer le había resultado intragable, ahora sólo anhelaba la esclavitud. La muchacha se combó hacia atrás y el huevo, cual un ínfimo equilibrista, recorrió cada centímetro de la tela de su blusa y falda hasta irse a apañar en las palmas de Mario. Levantó la vista hacia Beatriz y vio su lengua hecha una llamarada entre los dientes, sus ojos turbiamente decididos, las cejas en acecho esperando la iniciativa del muchacho. Mario levantó delicadamente un tramo el huevo, cual si estuviera a punto de empollar. Lo puso sobre el vientre de la muchacha y con una sonrisa de prestidigitador lo hizo patinar sobre sus ancas, marcó con él perezosamente la línea del culo, lo digitó hasta el costado derecho, en tanto Beatriz, con la boca entreabierta, seguía con el vientre y las caderas sus pulsaciones. Cuando el huevo hubo completado su órbita el joven lo retornó por el arco del vientre, lo encorvó sobre la abertura de los senos, y alzándose junto con él, lo hizo recalar en el cuello. Beatriz bajó la barbilla y lo retuvo allí con una sonrisa que era más una orden que una cordialidad. Entonces Mario avanzó con su boca hasta el huevo, lo prendió entre los dientes, y apartándose, esperó que ella viniera a rescatarlo de sus labios con su propia boca. Al sentir por encima de la cáscara rozar la carne de ella, su boca dejó que la delicia lo desbordara. El primer tramo de su piel que untaba, que ungía, era aquel que en sus sueños ella cedía como el último bastión de un acoso que contemplaba lamer cada uno de sus poros, el más tenue pelillo de sus brazos, la sedosa caída de sus párpados, el vertiginoso declive de su cuello. Era el tiempo de la cosecha, el amor había madurado espeso y duro en su esqueleto, las palabras volvían a sus raíces. Este momento, se dijo, éste, este momento, este este este este este momento, este este este momento éste. Cerró los ojos cuando ella retiraba el huevo con su boca. A oscuras la cubrió por la espalda mientras en su mente una explosión de peces destellantes brotaban en un océano calmo. Una luna inconmensurable lo bañaba, y tuvo la certeza de comprender, con su saliva sobre esa nuca, lo que era el infinito. Llegó al otro flanco de su amada, y una vez más prendió el huevo entre los dientes. Y ahora, como si ambos estuvieran danzando al compás de una música secreta, ella entreabrió el escote de su blusa y Mario hizo resbalar el huevo entre sus tetas. Beatriz desprendió su cinturón, levantó la asfixiante prenda, y el huevo fue a reventar al suelo, cuando la chica tiró de la blusa sobre su cabeza y expuso el dorso dorado por la lámpara de petróleo. Mario le bajó la trabajosa minifalda y cuando la fragante vegetación de su chucha halagó su acechante nariz, no tuvo otra inspiración que untarla con la punta de su lengua. En ese preciso instante, Beatriz emitió un grito nutrido de jadeo, de sollozo, de derroche, de garganta, de música, de fiebre, que se prolongó unos segundos, en que su cuerpo entero tembló hasta desvanecerse. Se dejó resbalar hasta la madera del piso, y después de colocarle un sigiloso dedo sobre el labio que la había lamido, lo trajo húmedo hasta la rústica tela del pantalón del muchacho, y palpando el grosor de su pico, le dijo con voz ronca:

–Me hiciste acabar, tonto.

La boda tuvo lugar dos meses después –expresión del telegrafista– de que se hubiera abierto el marcador. Rosa viuda de González, tallada en maternal perspicacia no pasó por alto que las lides, a partir de la regocijada inauguración del campeonato, empezaban a tener lugar en enfrentamientos matutinos, diurnos y nocturnos. La palidez del cartero se acentuó y no precisamente por los resfríos, de los cuales parecía haberse curado por obra de magia. Beatriz González, por su parte, según el cuaderno del cartero y testigos espontáneos, florecía, irradiaba, destellaba, resplandecía, fulguraba, rutilaba y levitaba. De modo que cuando un sábado por la noche, Mario Jiménez se hizo presente en la hostería a pedir la mano de la muchacha con la honda convicción de que su idilio sería tronchado por un escopetazo de la viuda que le volaría tanto la florida lengua cuanto los íntimos sesos, Rosa viuda de González, adiestrada en la filosofía del pragmatismo abrió una botella de champagne Valdivieso demi-sec, sirvió tres vasos que se rebalsaron de espuma, y dio curso a la petición del cartero sin una mueca, pero con una frase que reemplazó a la temida bala: «A lo hecho, pecho».

Esta consigna tuvo una suerte de colofón en la misma puerta de la iglesia, donde iba a santificarse lo irreparable, cuando el telegrafista, erudito en indiscreciones, miró el traje azul de tela inglesa de Neruda y exclamó cachondo:

–Se lo ve muy elegante, poeta.

Neruda se ajustó el nudo de la corbata de seda italiana, y dijo con marcada nonchalance:

–Es que estoy en ensayo general. Allende me acaba de nombrar embajador en París.

La viuda de González recorrió la geografía de Neruda, desde su calvicie hasta las zapatos de festivo brillo, y dijo:

–¡Pájaro que come, se vuela!

Mientras avanzaban por el pasillo hacia el altar, Neruda le confidenció a Mario una intuición.

–Mucho me temo, muchacho, que la viuda González está decidida a enfrentar la guerra de las metáforas con una artillería de refranes.

La fiesta fue breve por dos motivos. El egregio padrino tenía taxi en la puerta para transportarlo al aeropuerto, y los jóvenes esposos alguna prisa para debutar en la legalidad tras meses de clandestinaje. El padre de Mario, no obstante, se las amañó para infiltrar en el tocadiscos *Un vals para Jazmín* de Tito Fernández *el Temucano*, mediante el cual echó un recio lagrimón evocando a su difunta esposa que «desde el cielo mira este día de dicha de Marito» y trajo a la pista de baile a doña Rosa, la cual se abstuvo de frases históricas mientras giraba en los brazos de ese hombre «pobre, pero honrado».

Los esfuerzos del cartero tendientes a conseguir que Neruda danzara una vez más *Wait a minute, Mr. Postman* por los Beatles, fracasaron. El poeta ya se sentía en misión oficial y no incurrió en desliccs que pudieran alentar a la Prensa de la oposición, que, a tres meses de gobierno de Allende, ya hablaban de un estrepitoso fracaso.

El telegrafista no sólo declaró la semana entrante feriado para su súbdito Mario Jiménez, sino que además lo liberó de asistir a las reuniones políticas donde se organizaba a las bases para movilizar las iniciativas del gobierno popular. «No se puede tener al mismo tiempo el pájaro en la jaula y la cabeza en la patria», proclamó con inhabitual riqueza metafórica.

Las escenas vividas en el rústico lecho de Beatriz durante los meses siguientes hicieron sentir a Mario que todo lo gozado hasta entonces era una pálida sinopsis del film, que ahora se ofrecía en la pantalla oficial en Cinerama y technicolor. La piel de la muchacha nunca se agotaba y cada tramo, cada poro, cada pliegue, cada vello, incluso cada rulo de su pubis, le parecía un nuevo sabor.

Al cuarto mes de estas deliciosas prácticas, Rosa viuda de González irrumpió una mañana en la habitación del matrimonio, tras haber aguardado con discreción el último gorjeo del orgasmo de su niña, y, sacudiendo las sábanas sin preámbulos, tiró al suelo los eróticos cuerpos que la cubrían. Dijo sólo una frase, que Mario oyó con terror tapándose lo que le colgaba entre las piernas.

–Cuando consentí que se casara con mi hija, supuse que ingresaba en la familia un yerno y no un cafiche.

El joven Jiménez la vio abandonar la pieza con un portazo memorable. Al buscar una mirada solidaria de Beatriz que apoyara su expresión ofendida, no encontró otra respuesta que un mohín severo de ella.

–Mi mamá tiene razón –dijo, con un tono que por primera vez le hizo sentir al muchacho, que en sus venas corría la misma sangre de la viuda.

–¡Qué quieres que haga! –gritó con volumen suficiente, como para que toda la caleta se enterara–. Si el poeta está en París, no tengo a quién chucha repartirle cartas.

–Búscate un trabajo –le ladró su tierna novia.

–Yo no me casé para que me dijeran las mismas huevadas que me decía mi papá.

Por segunda vez la puerta fue amenizada con un golpe, que desprendió de la pared la carátula del disco de los Beatles obsequiada por el poeta. Pedaleó furioso su bicicleta hasta San Antonio, consumió una comedia de Rock Hudson y Doris Day en el rotativo, y deshizo las horas siguientes espiando las piernas de las colegialas en la plaza o bajando cervezas en la fuente de soda. Fue a procurar el compadrazgo del telegrafista, mas éste estaba arengando al personal con un discursito acerca de cómo ganar la batalla de la producción, y, tras dos bostezos, se fue de vuelta a la caleta. En vez de entrar a la hostería, se dirigió a la casa de su padre.

Don José puso una botella de vino en la mesa, y le dijo «cuéntame». Un vaso fue apurado por los hombres, y ya el padre aceleró su diagnóstico:

—Tienes que buscarte un trabajo, hijo.

Si bien la voluntad de Mario no daba para semejante epopeya, la montaña vino a Mahoma. El gobierno de la Unidad Popular hizo sentir su presencia en la pequeña caleta, cuando la dirección de Turismo elaboró un plan de vacaciones para los trabajadores de una fábrica textil en Santiago. Un cierto compañero Rodríguez, geólogo y geógrafo, de lengua y ojos encendidos, se hizo presente en la hostería con una propuesta a la viuda González. ¿Estaría ella dispuesta a ponerse a la altura de los tiempos, y a transformar su bar en un restaurante que diera almuerzo y cena a un contingente de veinte familias, que acamparían en las inmediaciones durante el verano? La viuda estuvo reticente sólo cinco minutos. Pero, en cuanto el compañero Rodríguez la puso al tanto de las ganancias que el nuevo oficio acarrearía, miró compulsivamente a su yerno, y le dijo:

—¿Usted estaría dispuesto a hacerse cargo de la cocina, Marito?

Mario Jiménez sintió que en ese momento envejecía diez años. Su tierna Beatriz estaba frente a él alentándolo con una sonrisa beatífica.

–Sí –dijo, tomándose su vaso de vino, y luciendo el mismo entusiasmo con que Sócrates bebió la cicuta.

A las metáforas del poeta, que continuó cultivando y memorizando, se unieron ahora algunos comestibles que el sensual vate ya había celebrado en sus odas: cebollas («redondas rosas de agua»), alcachofas («vestidas de guerreros y brumidas como granadas»), congrios («gigantes anguilas de nevada carne»), ajos («marfiles preciosos»), tomates («rojas vísceras, frescos soles»), aceites («pedestal de perdices y llave celeste de la mayonesa»), papas («harina de la noche»), atunes («balas del profundo océano», «enlutadas flechas»), ciruelas («pequeñas copas de ámbar dorado»), manzanas («plenas y puras mejillas arreboladas de la aurora»), sal («cristal del mar, olvido de las olas») y naranjas para tramar la «Chirimoya alegre», postre que sería el *hit* del verano junto a «Lolita en la playa» por los Minimás.

Al poco tiempo llegaron hasta la caleta algunos jóvenes obreros que fueron clavando postes desde el caserío hasta la carretera. Según el compañero Rodríguez, los pescadores tendrían electricidad en sus casas antes de tres semanas. «Allende cumple» dijo enrulándose la punta del bigote. Pero los progresos en el pueblo, traían aparejados problemas. Un día en que Mario preparaba una ensalada a la chilena digitando el puñal en un tomate, como un bailarín de la oda de Neruda («debemos por desgracia asesinarlo, hundir el cuchillo en su pulpa viviente»), observó que la mirada del compañero Rodríguez se había prendido del culo de Beatriz, de vuelta al bar tras haber puesto el vino en su mesa. Y un minuto después, al abrir ella los labios para sonreírle, cuando el cliente le pidió «esa ensalada a la chilena», Mario saltó por encima del mesón cuchillo en ristre, lo elevó entre ambas manos por encima de la cabeza como había visto en los westerns japoneses, se puso junto a la mesa de Rodríguez, y lo bajó tan feroz y vertical que quedó vibrando ensartado unos cuatro centímetros en la cubierta. El compañero Rodríguez, acostumbrado a precisiones geométricas y a mediciones geológicas, no tuvo dudas que el mesonero poeta había hecho el numerito a modo de parábola. Si este cuchillo penetrara así en la carne de un cristiano, meditó melancólico, se podría hacer un gulasch con su hígado. Solemne, pidió la cuenta, y se abstuvo de incurrir en la hostería por tiempo indefinido e infinito. Adiestrado a su vez en el refranero de doña Rosa, que siempre procuraba matar dos pájaros de un tiro, Mario le sugirió a Beatriz con un gesto, que constatara cómo el torvo cuchillo seguía rajando la noble madera de raulí, aún cuando el incidente había tenido lugar hacía ya un minuto.

–Caché –dijo ella.

Las ganancias del nuevo oficio permitieron que doña Rosa hiciera algunas inversiones que funcionaran cual cebo para amarrar nuevos clientes. La primera, fue adquirir un televisor pagadero en incómodas cuotas mensuales, que atrajo al bar un contingente inexplotado: las mujeres de los obreros del camping, quienes dejaban marcharse a las carpas a sus hombres para que descabezaran una siesta arrullada por las opíparas raciones del almuerzo convenientemente aliviadas por un tinto cabezón, y que consumían interminables aguitas de menta, tecitos de boldo, o aguitas perras, mientras glotonamente devoraban las imágenes de la teleserie mexicana «Simplemente María». Cuando después de cada episodio surgía en la pantalla un iluminado militante del marxismo en la sección cultural denunciando el imperialismo cultural y las ideas reaccionarias que los melodramas inculcaban en «nuestro pueblo», las mujeres apagaban el televisor y se ponían a tejer o echaban una mano de dominó.

Aunque Mario siempre pensó que su suegra era tacaña –«usted parece que tuviera pirañas en la cartera, señora»– lo cierto es que al cabo de un año de rasmillar zanahorias, llorar cebollas y descuerar jureles había juntado suficiente plata como para empezar a soñar en hacer su sueño realidad: comprarse un pasaje aéreo y visitar a Neruda en París.

En una visita a la parroquia, el telegrafista hizo su planteo al cura que había casado a la pareja, y revisando las utilerías arrumbadas en la bodega del último vía crucis escenificado en San Antonio por Aníbal Reina padre, popularmente conocido como el «rasca Reina», apodo que heredó su talentoso y socialista hijo, encontraron un par de alas trenzadas con plumas de gansos, patos, gallinas y otros volátiles, que accionadas por un piolín batían angelicalmente. Con paciencia de orfebre, el cura montó un pequeño andamio sobre el lomo del funcionario de correos, le puso su visera de plástico verde, semejante a la de los gángsters en los garitos, y con limpiador Brasso le sacó brillo a la cadena de oro del reloj que le atravesaba la panza.

Al mediodía, el telegrafista avanzó desde el mar hasta la hostería dejando estupefactos a los bañistas que vieron atravesar sobre la inflamada arena el ángel más gordo y viejo de toda la historia hagiográfica. Mario, Beatriz y Rosa, ocupados en cuentas tendientes a confeccionar un menú que sorteara los precoces problemas del desabastecimiento, creyeron ser víctimas de una alucinación. Mas, en cuanto el telegrafista gritó a distancia: «Correo de Pablo Neruda para Mario Jiménez» alzando en una mano un paquete con no tantas estampillas como un pasaporte chileno, pero más cintas que un árbol de pascua, y en la otra una pulcra carta, el cartero flotó sobre la arena y le arrebató ambos objetos. Fuera de sí, los puso en la mesa y los observó cual si fueran dos preciosos jeroglíficos. La viuda, repuesta de su arrebato onírico, increpó al telegrafista con tono británico:

—¿Tuvo viento a favor?

—Viento a favor, pero mucho pájaro en contra.

Mario se apretó ambas sienes, y parpadeó de un bulto al otro.

—¿Qué abro primero. La carta o el paquete?

—El paquete, mijo —sentenció doña Rosa—. En la carta sólo vienen palabras.

—No, señora, primero la carta.

—El paquete —dijo la viuda, haciendo ademán de tomarlo.

El telegrafista se echó aire con un ala, y levantó un dedo admonitorio ante las narices de la viuda.

—No sea materialista, suegra.

La mujer se echó sobre el respaldo de la silla.

—A ver usted, que se las da de culto. ¿Qué es un materialista?

—Alguien que cuando tiene que elegir entre una rosa y un pollo, elige siempre el pollo —farfulló el telegrafista.

Carraspeando, Mario se puso de pie y dijo:

—Señoras y señores, voy a abrir la carta.

Puesto que ya se había propuesto incluir ese sobre, donde su nombre aparecía reciamente diagramado por la tinta verde del poeta en su colección de trofeos sobre la pared del dormitorio, lo fue rasgando con la paciencia y la levedad de una hormiga. Con las manos temblorosas, puso frente a sus ojos el contenido, y comenzó a silabearlo cuidando que no se le saltara ni el más insignificante signo:

—«Que-ri-do Ma-rio Ji-mé-nez de pies a-la-dos.

De un manotazo, la viuda le arrebató la carta y procedió a patinar sobre las palabras sin pausa ni entonaciones:

«Querido Mario Jiménez, de pies alados, recordada Beatriz González de Jiménez, chispa e incendio de isla Negra, señora excelentísima Rosa viuda de González, querido futuro heredero Pablo Neftalí Jiménez González, delfín de isla Negra, eximio nadador en la tibia placenta de tu madre, y cuando salgas al sol rey de las rocas, los volantines, y campeón en ahuyentar gaviotas, queridos todos, queridísimos los cuatro.

»No les he escrito antes como había prometido, porque no quería mandarles sólo una tarjeta postal con las bailarinas de Degas. Sé que ésta es la primera carta que recibes en tu vida, Mario, y por lo menos tenía que venir dentro de un sobre; si no, no vale. Me da risa pensar que esta carta, te la tuviste que repartir tú mismo. Ya me contarás todo lo de la isla, y me dirás a qué te dedicas ahora que la correspondencia me llega a París. Es de esperar que no te hayan echado de correos y telégrafos, por ausencia del poeta. ¿O acaso el presidente Allende te ofreció algún ministerio?

»Ser embajador en Francia es algo nuevo e incómodo para mí. Pero entraña un desafío. En Chile, hemos hecho una revolución a la chilena muy admirada y discutida. El nombre de Chile se ha engrandecido de forma extraordinaria.» ¡Hmm!

—El ¡hmm! es mío —intercaló la viuda, sumergiéndose otra vez en la carta.

«Vivo con Matilde en un dormitorio tan grande que serviría para alojar a un guerrero con su caballo. Pero me siento muy, muy lejos de mis días de alas azules en mi casa de isla Negra.

»Los extraña y los abraza vuestro vecino y celestino, Pablo Neruda.»

—Abramos el paquete —dijo doña Rosa tras cortar con el fatídico cuchillo cocinero las cuerdas que lo ataban.

Mario tomó la carta, y se puso a revisar concienzudamente el final y luego el dorso.

–¿Eso era todo?

–¿Qué más quería, pues, yerno?

–Esa cosa con «PD» que se pone al terminar de escribir.

–No, pues, no tenía ninguna huevada con PD.

–Me parece raro que sea tan corta. Porque si uno la mira así de lejos, como que se ve más larga.

–Lo que pasa es que la mami la leyó muy rápido –dijo Beatriz.

–Rápido o lento –dijo doña Rosa, a punto de acabar con la cuerda y el paquete– las palabras dicen lo mismo. La velocidad es independiente de lo que significan las cosas.

Pero Beatriz no oyó el teorema. Se había concentrado en la expresión ausente de Mario, el cual parecía dedicarle su perplejidad al infinito.

–¿Qué te quedaste pensando?

–En que falta algo. Cuando a mí me enseñaron a escribir cartas en el colegio, me dijeron que siempre había que poner al final PD y después agregar alguna otra cosa que no se había dicho en la carta. Estoy seguro de que don Pablo se olvidó de algo.

Rosa estuvo escarbando en la abundante paja que rellenaba el paquete, hasta que terminó alzando con la ternura de una partera una japonesísima grabadora «Sony» de micrófono incorporado.

–Le debe haber costado plata al poeta –dijo solemne. Se disponía a leer una tarjeta manuscrita en tinta verde, pendiente de un elástico que circundaba al aparato, cuando Mario se la arrebató de un manotazo.

–¡Ah, no señora! Usted lee demasiado rápido.

Puso la tarjeta algunos centímetros delante, como si la

calzara sobre un atril, y fue leyendo con su tradicional estilo silábico: «Que-ri-do Ma-ri-o dos pun-tos a-pri-e-ta el bo-tón del me-di-o.»

–Usted se demoró más en leer la tarjeta, que yo en leer la carta –simuló un bostezo la viuda.

–Es que usted no lee las palabras, sino que se las traga, señora. Las palabras hay que saborearlas. Uno tiene que dejar que se deshagan en la boca.

Hizo una espiral con el dedo, y enseguida lo asestó en la tecla del medio. Aunque la voz de Neruda fue emitida con fidelidad por la técnica japonesa, sólo los días posteriores alertaron al cartero sobre los avances nipones de la electrónica, pues la primera palabra del poeta lo turbó cual un elixir: «Posdata».

–Cómo se para –gritó Mario.

Beatriz puso un dedo sobre la tecla roja.

–«Posdata» –bailó el muchacho e impregnó un beso en la mejilla de la suegra–. Tenía razón señora. PD ¡Posdata! Yo le dije que no podía haber una carta sin posdata. El poeta no se olvidó de mí. ¡Yo sabía que la primera carta de mi vida tenía que venir con posdata! Ahora está todo claro, suegrita. La carta y la posdata.

–Bueno –repuso la viuda–. La carta y la posdata. ¿Y por eso llora?

–¿Yo?

–Sí.

–¿Beatriz?

–Está llorando.

–Pero cómo puedo estar llorando si no estoy triste. Si no me duele nada.

–Parece beata en un velorio –gruñó Rosa–. Séquese la cara, y apriete el botón del medio de una vez.

–Bien. Pero desde el comienzo.

Hizo devolver la cinta, pulsó la tecla indicada, y ahí

estaba otra vez la pequeña caja con el poeta adentro. Un Neruda sonoro y portable. El joven extendió la mirada hacia el mar, y tuvo el sentimiento de que el paisaje se completaba, que durante meses había cargado una carencia, que ahora podía respirar hondo, que esa dedicatoria, «a mi entrañable amigo y compañero Mario Jiménez», había sido sincera.

–«Posdata» –oyó otra vez embelesado.

–Cállese –dijo la viuda.

–Yo no he dicho nada.

«Quería mandarte algo más aparte de las palabras. Así que metí mi voz en esta jaula que canta. Una jaula que es un pájaro. Te la regalo. Pero también quiero pedirte algo, Mario, que sólo tú, puedes cumplir. Todos mis otros amigos o no sabrían qué hacer, o pensarían que soy un viejo chocho y ridículo. Quiero que vayas con esta grabadora paseando por isla Negra, y me grabes todos los sonidos y ruidos que vayas encontrando. Necesito desesperadamente aunque sea el fantasma de mi casa. Mi salud no anda bien. Me falta el mar. Me faltan los pájaros. Mándame los sonidos de mi casa. Entra hasta el jardín y deja sonar las campanas. Primero graba ese repicar delgado de las campanas pequeñas cuando las mueve el viento, y luego tira de la soga de la campana mayor, cinco, seis veces. ¡Campana, mi campana! No hay nada que suene tanto como la palabra campana, si la colgamos de un campanario junto al mar. Y ándate hasta las rocas, y grábame la reventazón de las olas. Y si oyes gaviotas, grábalas. Y si oyes el silencio de las estrellas siderales, grábalo. París es hermoso, pero es un traje que me queda demasiado grande. Además, aquí es invierno, y el viento revuelve la nieve como un molino la harina. La nieve sube y sube, me trepa por la piel. Me hace un triste rey con su túnica blanca. Ya llega a mi boca, ya me tapa los labios, ya no me salen las palabras.

»Y para que conozcas algo de la música de Francia, te mando una grabación del año 38 que encontré entumida en una tienda de discos usados del Barrio Latino. ¿Cuántas veces la canté cuando joven? Siempre había querido tenerla y no pude. Se llama *J'attendrai*, la canta Rina Ketty, y la letra dice: "Esperaré, día y noche, esperaré siempre que regreses".»

Un clarinete introdujo los primeros compases, grave, sonámbulo, y un xilofón los repitió leve, más o menos nostálgico. Y cuando Rina Ketty rezó el primer verso, el bajo y la batería la acompañaron, sordo y calmo uno, susurrante y arrastrado la otra. Mario supo esta vez que su mejilla estaba otra vez mojada, y aunque amó la canción a primeras oídas, se fue discreto rumbo a la playa hasta que el estruendo del oleaje hizo que la melodía ya no lo alcanzara.

Grabó el movimiento del mar con la manía de un fila-télico.

Redujo su vida y trabajo, ante la ira de Rosa, a seguir los vaivenes de la marea, alta, del reflujo, del agua saltari-na animada por los vientos.

Puso la «Sony» en una soga, y la filtró entre las grietas del roquerío donde frotaban sus tenazas los cangrejos, y los huiros se abrazaban a las piedras.

En el bote de don José, se introdujo más allá de la pri-mera reventazón, y, protegiendo la grabadora con un trozo de nylon, logró casi el estereofónico efecto de olas de tres metros que, cual palitroques, iban a sucumbir en la playa.

En otros días calmos, tuvo la suerte de hacerse del pi-cotazo de la gaviota, cuando caía vertical sobre la sardi-na, y de su vuelo a ras del agua controlando segura en el pico sus postreras convulsiones.

Hubo también una ocasión en que algunos pelícanos, pájaros cuestionadores y anarquistas, batieron sus alas a lo largo de la orilla, cual si presintieran que, al día si-guiente, un cardumen de sardinas vararía en la playa. Los hijos de los pescadores recogieron peces con el simple expediente de hundir en el mar los baldes de juguete de los que se valían para construir castillos en la arena. Tan-ta sardina ardió sobre las brasas de las rústicas parrillas aquella noche que hicieron su agosto los gatos inflándo-se eróticos bajo la luna llena, y doña Rosa vio llegar hacia las diez de la noche un batallón de pescadores más secos que legionarios en el Sáhara.

Al cabo de tres horas de vaciar chuicos, la viuda de González, desprovista de la ayuda de Mario que, en efecto, intentaba grabar para Neruda el tránsito de las estrellas siderales, perfeccionó la imagen de los legionarios con una frase que le asestó a don José Jiménez: «Ustedes están hoy más secos que mojón de camello».

Mientras caían en la mágica maquinita nipona lúbricas abejas en los momentos que tenían orgasmos de sol contra sus trompas fruncidas sobre el cáliz de las margaritas costeñas, mientras los perros vagos ladraban a los meteoritos que caían cual fiesta de año nuevo sobre el Pacífico, mientras las campanas de la terraza de Neruda eran accionadas manualmente, o bien caprichosamente orquestadas por el viento, mientras el gemido de la sirena del faro se expandía y contraía evocando la tristeza de un barco fantasma en la niebla de alta mar, mientras un pequeño corazón era detectado primero por el tímpano de Mario y luego por la casette en el vientre de Beatriz González, las «contradicciones del proceso social y político», como decía enrulándose frenético los pelos del pecho el compañero Rodríguez, comenzaron a poner difíciles acentos en el escueto caserío.

Al comienzo, no hubo carne de vacuno con que darle sustancia a las cazuelas. La viuda de González se vio obligada a improvisar la sopa sobre la base de verduras recogidas en los sembrados vecinos, que nucleaba alrededor de huesos con nostalgias de fibras de carne. Tras una semana de esta estratégica dosis, los pensionistas se declararon en comité, y en turbulenta sesión le plantearon a la viuda de González que, aunque les asistía la íntima convicción de que el desabastecimiento y el mercado negro eran producidos por la reacción conspiradora que pretendía derrocar a Allende, hiciera ella el favor de no hacer pasar esa agua manil de verduras por la criolla «cazuela». A lo más, precisó el portavoz, se la aceptarían como minestrone; pero en dicho caso la señora Rosa ex de González debiera bajarse con un escudo en el precio del menú, qué menos. La viuda no tributó a estos plausibles argumentos una atención comedida. Refiriéndose al entusiasmo con que el proletariado había elegido a Allende, se lavó las manos respecto al problema del desabastecimiento, con un refrán que brotó de su sutil ingenio: «Cada chancho busca el afrecho que le gusta».

Antes que enmendar rumbos, la viuda pareció hacerse eco de la consigna radial de cierta izquierda que con alegre irresponsabilidad proclamaba «avanzar sin transar», y siguió pasando aguitas perras por té, caldo de yema por consomé, minestrone por cazuela. Otros productos se agregaron a la lista de los ausentes: el aceite, el azúcar, el arroz, los detergentes, y hasta el afamado pisco de Elqui con que los humildes turistas entretenían sus noches de campamento.

En ese abonado terreno, se hizo presente el diputado Labbé con su chirriante camioneta, y convocó a la población de la caleta a escuchar sus palabras. Con el pelo engominado a la Gardel, y una sonrisa semejante a la del General Perón, encontró una audiencia parcialmente sensible entre las mujeres de los pescadores y las esposas de los turistas, cuando acusó al gobierno de incapaz, de haber detenido la producción y de provocar el desabastecimiento más grande de la historia del mundo: los pobres soviéticos en la conflagración mundial no pasaban tanta hambre como el heroico pueblo chileno, los raquíticos niños de Etiopía eran donceles vigorosos en comparación con nuestros desnutridos hijos; sólo había una posibilidad de salvar a Chile de las garras definitivas y sanguinarias del marxismo: protestar con tal estruendo golpeando las cacerolas que «el tirano» –así designó al presidente Allende– ensordeciera, y paradojalmente, prestara oídos a las quejas de la población y renunciara. Entonces volvería Frei, o Alessandri, o el demócrata que ustedes quieran, y en nuestro país habrá libertad, democracia, carne, pollos y televisión en colores.

Este discurso que provocó algunos aplausos de las mujeres, fue coronado por una frase emitida por el compañero Rodríguez, el cual desertó de su minestrone precozmente empachado al oír la arenga del diputado:

–¡Concha de tu madre!

Sin hacer uso del megáfono, confiado en sus proletarios pulmones, agregó a su piropo algunas informaciones que las «compañeritas» debían manejar, si no querían ser embaucadas por estos brujos de cuello y corbata que sabotean la producción, que acaparan los alimentos en sus bodegas causando un desabastecimiento artificial, que se dejan comprar por los imperialistas y que complotan para derrocar al gobierno del pueblo. Cuando los aplausos de las mujeres también coronaron sus palabras, se subió vigorosamente los pantalones y miró desafiante a Labbé, el cual adiestrado en el análisis de las condiciones objetivas, limitóse a sonreír canchero, y a alabar los restos de democracia en Chile, que permitían que se hubiera producido un debate a tan alto nivel.

En los días siguientes, las contradicciones del proceso, como decían los sociólogos en la televisión, se hicieron sentir en la caleta de manera más rigurosa que retórica. Los pescadores, mejor equipados gracias a créditos del gobierno socialista y acaso alentados por una popular canción de los Quilapayún de exquisita rima, «no me digas que merluza no, Maripusa, que yo sí como merluza», con que los economistas y publicistas del régimen alentaban el consumo de peces autóctonos que aliviaran el excipiente de divisas para la adquisición de carne, habían aumentado la producción, y el camión frigorífico que recogía la pesca partía a diario hacia la capital con su cupo lleno.

Cuando hacia el mediodía de un jueves de octubre, el vital vehículo no se hizo presente y los pescados comenzaron a languidecer bajo el fuerte sol primaveral, los pescadores se dieron cuenta de que la pobre pero idílica caleta no permanecía ajena a esas tribulaciones del resto del país, que los alcanzaban hasta entonces sólo por la radio o la televisión de doña Rosa. En la noche de ese jueves, hizo su aparición en la pantalla el diputado Labbé en su calidad de miembro de la unión de transportistas, para anunciar que éstos habían comenzado una huelga indefinida con dos propósitos: que el presidente les diera tarifas especiales para adquirir sus repuestos, y ya que estábamos, que el presidente renunciara.

Dos días después, los pescados fueron devueltos al mar tras haber impregnado con su hedor el otrora muy respirable puerto y acumulado la mayor cantidad de moscas y guarenes de la época. Tras dos semanas, en que todo el país intentó con más patriotismo que eficiencia suplir los estragos de la huelga con trabajos voluntarios, ésta fue terminada dejando a Chile desabastecido e iracundo. El camión retornó, mas no la sonrisa, a los ásperos rostros de los trabajadores.

Danton, Robespierre, Charles de Gaulle, Jean Paul Belmondo, Charles Aznavour, Brigitte Bardot, Silvie Vartan, Adamo, fueron tijereteados sin clemencia por Mario Jiménez, de manuales de historia francesa o revistas ilustradas. Junto a un inmenso póster de París donado por la única gerencia de turismo de San Antonio, donde un avión de la Air France se dejaba rasguñar por la punta de la tour Eiffel, la colección de recortes le dio a las murallas de su habitación un distinguido acento cosmopolita. Su vertiginosa francofilia era, sin embargo, mitigada por algunos objetos autóctonos: un banderín de la Confederación Obrera Campesina Ranquil, la efigie de la Virgen del Carmen, defendida con dientes y muelas por Beatriz ante su amenaza de exilarla en la bodega, el «tanque» Campos en una palomita gloriosa de los tiempos en que el equipo de fútbol de la Universidad de Chile era celebrado como «el ballet azul», el Dr. Salvador Allende terciado por la tricolor banda presidencial, y una hoja arrancada del calendario de la editorial Lord Cochrane que detenía en el tiempo su primera –y hasta entonces– prolongada noche de amor con Beatriz González.

En este ameno decorado y tras meses de concienzudo trabajo, el cartero grabó, espiando las sensibles ondulaciones de su Sony, el siguiente texto que reproducimos aquí tal cual lo oyó dos semanas más tarde Pablo Neruda en su gabinete de París:

Un, dos, tres. ¿Se mueve la flecha? Sí, se mueve (carraspeo). Querido don Pablo, muchas gracias por el regalo y por la carta, aunque hubiera bastado la carta para hacernos felices. Pero la Sony es muy buena e interesante y yo trato de hacer poemas diciéndolos directamente al aparato y sin escribirlos. Hasta el momento nada que valga la pena. Me demoré en cumplir su encargo, porque la isla Negra en esta época no da abasto. Aquí se instaló ahora un campamento de vacaciones para los obreros, y yo trabajo en la cocina de la hostería. Una vez por semana voy con la bicicleta hasta San Antonio y recojo un par de cartas que llegan a los veraneantes. Nosotros estamos todos bien y contentos, y hay una gran novedad de la que luego se dará cuenta. Apuesto que ya se puso todo curioso. Siga oyendo sin hacer girar la casette más adelante. Como no hallo la hora de que se entere de la buena noticia, no voy a quitarle mucho de su precioso tiempo. Lo único que quería decirle no más es qué cosas tiene la vida. Usted quejándose de que la nieve le llega hasta las orejas, y fíjese que yo jamás de los jamases he visto ni siquiera un copo. Salvo en el cine, claro. A mí me gustaría estar con usted en París nadando en nieve. Empolvándome en ella como un ratón en un molino. Qué raro que aquí no nieva, cuando es pascua. ¡Seguramente, culpa del imperialismo yankee! De todas maneras, como señal de gratitud por su hermosa carta y su regalo, le dedico este poema que escribí para usted, inspirado en sus odas, y que se llama –no se me ocurrió un título más corto– *Oda a la nieve sobre Neruda en París* (pausa y carraspeo).

Blanda compañera de pasos sigilosos,
abundante leche de los cielos,
delantal inmaculado de mi escuela,

sábana de viajeros silenciosos
que van de pensión en pensión
con un retrato arrugado en los bolsillos.
Ligera y plural doncella,
ala de miles de palomas,
pañuelo que se despide
de no sé qué cosa.
Por favor mi pálida bella,
cae amable sobre Neruda en París,
vístelo de gala con tu albo
traje de almirante,
y tráelo en tu leve fragata
a este puerto donde lo echamos tanto de menos.

(Pausa) Bueno, hasta aquí el poema y ahora los sonidos pedidos.

Uno, el viento en el campanario de isla Negra. (Sigue aproximadamente un minuto de viento sobre el campanario de isla Negra.)

Dos, yo tocando la campana grande del campanario en isla Negra. (Siguen siete golpes de campana.)

Tres, las olas en el roquerío de isla Negra. (Se trata de un montaje con fuertes golpes del mar sobre los arrecifes, captado probablemente en un día de tempestad.)

Cuatro, canto de las gaviotas. (Dos minutos de curioso efecto estereofónico, en que al parecer quien grababa se acercaba sigilosamente hacia gaviotas acampadas y procedía a espantarlas para que volaran, de tal modo que no sólo se perciben sus graznidos, sino también un múltiple aleteo de sincopada belleza. Entre medio, a la altura del segundo cuarenta y cinco de la toma se escucha la voz de Mario Jiménez gritando *Chillen, concha e su madre.*)

Cinco, la colmena de abejas. (Casi tres minutos de zumbidos, en un peligroso primer plano con fondo de ladridos de perros y canto de aves difíciles de identificar.)

Seis, retirada del mar. (Un momento antológico de la grabación en que al parecer el micrófono sigue muy cerca la marejada en su bullente arrastre sobre la arena, hasta que las aguas se funden con el nuevo oleaje. Puede tratarse de una toma en la cual Jiménez corre junto al agua succionada e ingresa en el mar para lograr la preciosa fusión.)

Y siete (frase entonada con evidente suspenso, seguida de pausa): Don Pablo Neftalí Jiménez González. (Siguen unos diez minutos de estridente llanto de recién nacido.)

Los ahorros de Mario Jiménez destinados a una incursión a la ciudad luz fueron consumidos por la succionadora lengua de Pablo Neftalí, quien no satisfecho con agotar los senos de Beatriz, se entretenía en consumir robustas mamaderas de leche con cacao que, aunque obtenidas con rebaja en el Servicio Médico Nacional, desangraban cualquier presupuesto. Un año después de nacido, Pablo Neftalí no sólo se mostraba diestro en espantar gaviotas, cual había profetizado su poetísimo padrino, sino que lucía además una curiosa erudición en accidentes. Trepaba hacia los arrecifes con el tranco muelle y espeso de los gatos, a quienes sólo imitaba hasta ese punto, para luego descalabrarse en el océano punzándose las nalgas contra los bancos de erizos, dejándose picotear los dedos por cangrejos, raspillándose la nariz sobre las estrellas de mar, tragando tanta agua salada que en el lapso de tres meses tres veces se le dio por difunto. Pese a que Mario Jiménez era partidario de un socialismo utópico, hastiado de tirar sus problemáticos futuros francos en la faltriquera del médico pediatra, confeccionó una jaula de madera en la cual arrojaba a su amado hijo con la convicción de que sólo así podría dormir una siesta que no culminara en funeral.

Cuando al pequeño Jiménez le debutaron los dientes, consta en los barrotes de la jaula que intentó aserrucharlos con sus lechosos caninos. Las encías coronadas de astillas introdujeron a otro personaje en la hostería y en el exangüe presupuesto de Mario: el dentista.

Así que, cuando Televisión Nacional anunció al mediodía que aquella noche mostrarían las imágenes de Pablo Neruda en Estocolmo, agradeciendo el Premio Nobel de Literatura, tuvo que agenciarse préstamos para poner en marcha la fiesta más sonora y regada que habría de recordar la región.

El telegrafista trajo desde San Antonio un cabrito destazado por un carnicero socialista a precio potable: «mercado gris» precisó. Mas también sus oficios aportaron la presencia de Domingo Guzmán, un robusto obrero portuario que, por las noches, se consolaba del lumbago aporreando una batería Yamaha –otra vez los japoneses– en La Rueda, ante el deleite de esas caderas trasnochadas que se ponían sensuales y feroces al bailar bajo su compás el mejor repertorio de cumbias falsas que, con todo respeto, había introducido Luisín Landáez en Chile.

En el asiento delantero del Ford 40 venían el telegrafista y Domingo Guzmán, y, en el posterior, la Yamaha y el cabrito. Llegaron temprano, escarapelados con cintas socialistas y banderitas chilenas de plástico, y le extendieron el cabrito a la viuda de González, quien declaró solemnemente que se rendía ante el poeta Neruda, pero que iba a aporrear su cacerola como las damas de providencia en Santiago, hasta que los comunistas se marcharan del gobierno. «Se ve que son mejores poetas que gobernantes», concluyó.

Asistida Beatriz por el grupo renovado de mujeres veraneantes, esta vez allendistas irredentas y capaces de noquear a quien le encontrara un pelo de la cola a la Unidad Popular, preparó una ensalada con tantos aportes del campesinado local, que hubo que traer a la cocina la tina del baño, para que naufragaran allí tumultuosas las lechugas, los orgullosos apios, los tomates saltarines, las acelgas, las zanahorias, los rábanos, la buena papa, el tenaz cilantro, la albahaca. Nada más que en la mayonesa se gastaron catorce huevos, e incluso se encomendó a Pablo Neftalí la delicada misión de espiar a la gallina castellana y tararear «Venceremos», cuando ésta depusiera su huevo diario para quebrarlo ante ese manjar amarillo que estaba resultando espeso gracias a que ninguna de las mujeres menstruaba esa tarde.

No hubo casucha de pescador que Mario no visitara para invitarlo a la fiesta. Hizo el recorrido de la caleta y del campamento de veraneantes martillando el timbre de su bicicleta, e irradiando un júbilo sólo comparable con aquel que tuvo cuando Beatriz expulsó de su placenta al pequeño Pablo Neftalí, ya provisto de una melena a lo Paul MacCartney. Un Premio Nobel para Chile, aunque fuera de Literatura, arengó el «compañero» Rodríguez a los veraneantes, es una gloria para Chile y un triunfo para el presidente Allende. No había acabado de terminar esa frase, cuando el joven padre Jiménez, víctima de una indignación que le puso eléctrico cada nervio y cada terminal de sus cabellos, le apretó el codo y se lo llevó bajo el sauce llorón. Sombreados por el árbol, y con un autocontrol aprendido en los films de George Raft, Mario soltó el codo del compañero Rodríguez, y, humedeciéndose los labios secos de ira, dijo con calma:

–¿Se acuerda, compañero Rodríguez, del cuchillo cocinero ese, que un día por casualidad se me cayó en la mesa cuando usted estaba almorzando?

–No me he olvidado –repuso el activista acariciándose el páncreas.

Mario asintió, puso los labios tensos, como si fuera a

silbarle a un gato, y después se pasó sobre ellos la rasante uña del pulgar.

–Todavía lo tengo –dijo.

A Domingo Guzmán se le unieron Julián de los Reyes en guitarra, el chico Pedro Alarcón en maracas, Rosa viuda de González, vocal, y el compañero Rodríguez en trompeta, quien había optado por meterse algo en la boca a modo de candado. El ensayo tuvo lugar en el tablado de la hostería, y todo el mundo supo de antemano, que para la noche se bailaría *La vela* (*of course* según dijo el oculista Radomiro Spotorno quien vino extra a isla Negra a curar el ojo de Pablo Neftalí, arteramente picoteado por la gallina castellana en los momentos en que el infante le escrutaba el culo para anunciar oportunamente el huevo), *Poquita fe*, por presión de la viuda, la cual se sentía más a tono con los temas *calugas*, y con el rubro zangoloteo de los inmortales *Tiburón, tiburón, Cumbia de Macondo, Lo que pasa es que la banda está borracha* y –menos por audaz cargosería del compañero Rodríguez que por distracción de Mario Jiménez– *No me digas que merluza no, Maripusa*.

Junto al televisor, el cartero puso una bandera chilena, los libros Losada papel biblia abiertos en la página del autógrafo, un bolígrafo verde del poeta adquirido de manera innoble por Jiménez, por lo cual no se entra aquí en detalles, y la Sony que a modo de obertura o aperitivo –ya que Mario Jiménez no permitía consumir una aceituna ni untar la lengua en un vino, hasta que el discurso hubiera terminado– transmitía el *hit parade* de ruidos de isla Negra.

Lo que era bulla, hambre, alboroto, ensayo, cesó mágicamente cuando a las 20 horas, en momentos en que el mar empujaba una deleitosa brisa sobre la hostería, el Canal Nacional trajo por satélite las palabras finales de agradecimiento del Premio Nobel de Literatura, Pablo Neruda. Hubo un segundo, un solo infinitísimo segundo, en que a Mario le pareció que el silencio envolvía al pueblo como cubriéndolo con un beso. Y cuando Neruda habló en la imagen nevada del televisor, se imaginó que sus palabras eran caballos celestes que galopaban hacia la casa del vate, para ir a acunarse en sus pesebreras.

Niños ante el tablero de títeres, los asistentes al discurso crearon con el mero expediente de su aguda atención la presencia real de Neruda en la hostería. Sólo que, ahora, el vate vestía de frac y no con el poncho de sus escapadas al bar, aquel que usara cuando por primera vez sucumbió atónito ante la belleza de Beatriz González. Si Neruda hubiera podido ver a sus parroquianos de isla Negra como ellos lo estaban viendo, habría advertido sus pestañas pétreas, como si el más leve movimiento del rostro pudiera ocasionar la pérdida de algunas de sus palabras. Si alguna vez la técnica japonesa extremara sus recursos y produjese la fusión de seres electrónicos con carnales, el leve pueblo de isla Negra podría decir que fue precursor del fenómeno. Lo haría sin jactancia, teñido en la misma larga dulzura con que sorbió el discurso de su vate:

«Hace hoy cien años exactos, un pobre y espléndido poeta, el más atroz de los desesperados, escribió esta profecía: *A l'aurore, armés d'une ardente patience, nous entrerons aux splendides villes.* "Al amanecer, armados de una ardiente paciencia, entraremos en las espléndidas ciudades."

»Yo creo en esa profecía de Rimbaud, el vidente. Yo vengo de una oscura provincia, de un país separado de los otros por la tajante geografía. Fui el más abandonado de los poetas y mi poesía fue regional, dolorosa y lluviosa. Pero tuve siempre la confianza en el hombre. No perdí jamás la esperanza. Por eso, he llegado hasta aquí con mi poesía y mi bandera.

»En conclusión, debo decir a los hombres de buena voluntad, a los trabajadores, a los poetas, que el entero porvenir fue expresado en esta frase de Rimbaud: sólo con una ardiente paciencia conquistaremos la espléndida ciudad que dará luz, justicia y dignidad a todos los hombres.

»Así la poesía no habrá cantado en vano.»

Estas palabras desencadenaron un espontáneo aplauso en el público acomodado alrededor del aparato, y un manantial de lágrimas en Mario Jiménez, quien sólo después de medio minuto de esa ovación de pie, tragóse lo que tenía en las narices, frotó sus pómulos pluviales, y dándose vuelta desde la primera fila, agradeció sonriente la nutrida aclamación a Neruda llevándose una palma a la sien y agitándola cual candidato a senador. La pantalla se llevó la imagen del poeta, y a cambio retornó la locutora con una noticia que el telegrafista sólo oyó, cuando la mujer dijo «repetimos»: «Un comando fascista destruyó con una bomba las torres de alta tensión de la provincia de Valparaíso. La Central Única de Trabajadores llama a todos sus miembros a lo largo del país a permanecer en estado de alerta» y, veinte segundos antes de ser robado del mesón por una turista madurona, mas buenona, según contaría al amanecer de vuelta de las dunas, donde la había acompañado a mirar las estrellas fugaces. («Espermatozoides fugaces», corrigió la viuda.)

Porque la pura verdad es que la fiesta duró hasta que se acabó. Bailóse tres veces *Tiburón a la vista*, donde todos corearon «ay, ay, ay, que te come el tiburón», menos el telegrafista que, después del noticiario, anduvo mustio y simbólico, hasta el momento en que la turista madurona mordiéndole el lóbulo de la izquierda le dijo:

–Seguro que después de la cumbia viene *La vela*.

Oyóse y gozóse nueve veces *La vela*, hasta que al contingente de veraneantes le resultó tan familiar, que, a pesar de que era un tema celestino y *cheek to cheek*, lo entonaron con gargantas desaforadas y entre beso y beso con lengua.

Aceitóse un poutporri de temas viejitos contraídos en la niñez de Domingo Guzmán, que le llevaba entre otros *Piel Canela, Ay, cosita rica, mamá, Me lo dijo Adela, A papá le gusta el mambo, El cha-cha-cha de los cariñosos, Yo no le creo a Gagarín, Marcianita* y *Amor desesperado* en una versión de la viuda de González, que reprodujo la intensidad de Yaco Monti, su intérprete original.

Si la noche fue larga, nadie pudo decir que faltó vino. Mesa que Mario veía con sus botellas a media asta, era atendida *ipso facto* con un chuico, «para ahorrarme los viajes a la bodega». Hubo un instante de la jornada, en que la mitad de su población andaba entreverada entre las dunas, y según un balance de la viuda las parejas no eran ciento por ciento las mismas que la iglesia o el registro civil había santificado y certificado. Sólo cuando Mario Jiménez tuvo la certeza de que ninguno de sus invitados podría recordar nombre, dirección, número de inscripción electoral y último paradero de su cónyuge, decidió que la fiesta era un éxito y que la promiscuidad podía seguir prosperando sin su aliento y presencia. Con un ademán de torero desprendió el delantal de Beatriz, le rodeó sedoso la cintura y le desbarrancó su pico por la cadera, como a ella le placía, según probaban esos suspiros que expulsaba tan fluidamente, cual esa savia enloquecedora que le lubricaba la zorra. Con la lengua mojándole la oreja y sus manos levantándole las nalgas, se lo metió de pie en la cocina sin molestarse en quitarle la falda.

–Nos van a ver, amor –jadeó la muchacha, ubicándose para que el pico le entrara hasta el fondo.

Mario comenzó a rotar con golpes secos la cadera y, empapando de saliva los senos de la muchacha, farfulló:

–Lástima de no tener aquí la Sony para grabarle este homenaje a don Pablo.

Y acto seguido, promulgó un orgasmo tan estruendoso, burbujeante, desaforado, bizarro, bárbaro y apocalíptico, que los gallos creyeron que había amanecido y empezaron a cacarear con las crestas inflamadas, que los perros confundieron el aullido con la sirena del nocturno al sur y le ladraron a la luna como siguiendo un incomprensible convenio, que el compañero Rodríguez, ocupado en mojar la oreja de una universitaria comunista con la ronca saliva de un tango de Gardel, tuvo la sensación de que una tumba le cortaba el aire en la garganta y que Rosa, viuda de González, tuvo que intentar cubrir micrófono en mano el *hosanna* de Mario trinando una vez más *La vela* con sonsonete operático. Agitando los brazos cual aspas de molino, la mujer alentó a Domingo Guzmán y a Pedro Alarcón a que redoblaran platillos y tambores, sacudieran maracas, soplaran trompetas, trutrucas, o en su defecto pifiaran, pero el maestro Guzmán, frenando con una mirada al chico Pedro, le dijo:

–Usted tranquilo, maestro, que si la viuda está tan saltona es porque ahora le toca a la hija.

Doce segundos después de esta profecía, cuando los oídos de toda la concurrencia sobria, ebria, o inconsciente, apuntaban hacia la cocina como si un poderoso magneto los absorbiese, y mientras Alarcón y Guzmán simulaban limpiarse las sudorosas palmas en las camisetas antes de irrumpir en un trémulo acompañamiento, despegó el orgasmo de Beatriz hacia la noche sideral con una cadencia que inspiró a las parejas de las dunas («uno como ése, mijito», le pidió la turista al telegrafista), que puso escarlatas y fulgurantes las orejas de la viuda, y que le inspiró las siguientes palabras al cura párroco en su desvelo de la torre: «Magnificat, staba, pange lingua, dies irae, benedictus, kirieleisón, angélica».

Al final del último trino la noche entera pareció humedecerse y el silencio que siguió tuvo algo turbulento y turbador. La viuda arrojó el inútil micrófono sobre el tablado y con el trasfondo de algunos primerizos y vacilantes aplausos que venían desde dunas y roqueríos a los cuales luego se sumaron los entusiastas del conjunto en la hostería y los bien cateados de turistas y pescadores hasta formar una verdadera catarata que fue amenizada con un patriótico «¡Viva Chile, mierda!» del inefable compañero Rodríguez, fue a la cocina para descubrir titilando entre las sombras los ojos en éxtasis de su hija y yerno. Señalando con su pulgar por sobre el hombro, escupió las palabras hacia la pareja:

—La ovación es para los tortolitos.

Beatriz se cubrió la cara marineada con lágrimas de felicidad sintiendo que hervían en un súbito rubor.

—¡Te dije, oh!

Mario se puso los pantalones y los amarró fuerte con la soga.

—Bueno, suegra. Olvídese de la vergüenza que esta noche estamos celebrando.

—¿Celebrando qué? —rugió la viuda.

—El Premio Nobel de don Pablo. ¡No ve que ganamos, señora!

—¿Ganamos?

Doña Rosa estuvo a punto de cerrar el puño, y propinárselo en esa lengua enredosa, o de inmiscuir un puntapié sobre esos nutridos e irresponsables huevos. Pero en un arresto de inspiración, decidió que era más digno recurrir al refranero.

—«Vamos arando, dijo la mosca» —concluyó antes de asestar el portazo.

Según la ficha del doctor Giorgio Solimano hasta agosto de 1973 el joven Pablo Neftalí había incurrido en las siguientes enfermedades: rubéola, sarampión, peste cristal, bronquitis, enterogastritis, amigdalitis, faringitis, colitis, torcedura de tobillo, disloque del tabique de la nariz, contusiones a la tibia, traumatismo encéfalo craneano, quemadura en segundo grado sobre el brazo derecho a consecuencia de querer rescatar la gallina castellana de una cazuela, e infección del meñique del pie izquierdo tras pisar un erizo tan descomunal, que cuando Mario se lo desclavó rajándolo vengativo, alcanzó para una cena de toda la familia con el solo expediente de echarle un toque de pebre, limón y algo de pimienta.

Eran tan frecuentes las corridas a la posta del Hospital de San Antonio, que Mario Jiménez puso los restos mortales del ya utópico pasaje a París de pie para la compra de una motoneta, que le permitiera alcanzar veloz y seguro el puerto cada vez que Pablo Neftalí se masacrara algún aspecto de su cuerpo. Este vehículo procuró otra clase de alivio en la familia, ya que los paros y huelgas de los camioneros, taxistas y almaceneros se hicieron cada vez más frecuentes, y hubo noches en que faltó hasta pan en la hostería porque ya no se encontraba harina. La motoneta fue la cómplice exploradora, con que Mario se deshizo paulatinamente de la cocina para rastrear aquellos lugares donde comprar algo con que la viuda pudiera alegrar la olla.

–Hay plata, hay libertad, pero no hay qué comprar –filosofaba la viuda, en los té sociales de los turistas frente al televisor.

Una noche en que Mario Jiménez repasaba la lección 2 del libro *Bonjour, Paris* estimulado por el tema de Rina Ketty y por Beatriz, quien le reveló que esos gorgoritos que hacía, cuando decía la «r», eran la puerta abierta para un francés como el de los Champs Elysées, el toque profundo de una campana demasiado familiar lo distrajo para siempre de las irregularidades del verbo *être*. Beatriz lo vio levantarse en trance, caminar hacia la ventana, abrirla y oír en toda su dimensión el segundo campanazo, cuyas ondas sacaron a otros vecinos de sus casas.

Sonámbulo, se colgó la bolsa de cuero en el hombro, y, estaba a punto de salir a la calle, cuando Beatriz lo frenó con una llave al cuello y una frase muy González:

–Este pueblo no soporta dos escándalos en menos de un año.

El cartero fue llevado hasta el espejo, y, al comprobar que su única indumentaria era el bolsón reglamentario que en su actual posición apenas cubría una nalga, le dijo a su propia imagen:

–*Tu es fou, petit!*

Estuvo la noche entera contemplando el recorrido de la luna, hasta que ésta se desvaneció en la madrugada. Eran tantos los temas pendientes con el poeta, que este retorno artero lo dejaba confuso. Estaba claro que primero le preguntaría –*noblesse oblige*– por su embajada en París, por los motivos de su regreso, por las actrices de moda, por los vestidos de la temporada (quizá hubiera traído uno de regalo para Beatriz), y luego entraría el tema de fondo: sus obras completas escogidas, subrayaría *escogidas*, que con pulcra caligrafía llenaban el álbum del diputado Labbé, acompañadas de un recorte de la ilustre Municipalidad de San Antonio con una convocatoria al concurso de poesía, tras un primer premio consistente en «flor natural, edición del texto ganador en la revista cultural *La Quinta Rueda* y cincuenta mil escudos en efectivo». La misión del poeta sería escarbar en el cuaderno, escoger uno de los poemas y, si no fuera mucha la molestia, darle un toquecito final para subirle los bonos.

Hizo guardia frente a la puerta, desde antes de que abriera la panadería, que se oyera a lo lejos el cencerro del burro de lechero, que cacarearan los gallos, que se apagara la luz del único farol. Enfundado en la gruesa trama de su jersey marinero, mantuvo la vista en los ventanales consumiéndose por una señal de vida en la casa. Cada media hora se decía que el viaje del vate tal vez hubiera sido agotador, que quizá estaría retozando en sus colchas chilotas, y que doña Matilde le habría llevado el desayuno a la cama, y no perdió la esperanza, aunque los dedos de sus pies llegaron a dolerle de frío, de que los encapotados párpados del vate surgieran en el marco y le dedicaran esa ausente sonrisa con la que había soñado tantos meses.

Hacia las diez de la mañana, bajo un sol desabrido, doña Matilde abrió el portón con una bolsa de mallas en la mano. El muchacho corrió a saludarla, golpeando jubiloso el lomo de su bolsa y luego dibujando en el aire el exagerado volumen de correspondencia atrasada que contenía. La mujer estrechó su mano con calor, pero bastó un solo parpadeo de esos ojos expresivos, para que Mario discerniera la tristeza tras la cordialidad.

–Pablo está enfermo –dijo.

Abrió la bolsa de mallas, y le indicó con un gesto que derramase la correspondencia en ella. Él quiso decirle «¿me deja que se la lleve a la pieza?», pero lo invadió la suave gravedad de Matilde, y tras obedecerla hundió los ojos en el vacío del bolsón, y preguntó, casi adivinando la respuesta:

–¿Es grave?

Matilde asintió y el cartero fue con ella un par de pasos hasta la panadería, adquirió para sí un kilo de marraquetas, y media hora más tarde, derramando las crujientes migas sobre las páginas del álbum, tomó la decisión soberana de postularse al primer premio con su *Retrato a lápiz de Pablo Neftalí Jiménez González*.

Mario Jiménez se atuvo rigurosamente a las bases del concurso. En sobre aparte del poema, consignó un tanto avergonzado su escueta biografía y sólo con el ánimo de decorarla puso al final: «recitales varios». Se hizo escribir a máquina el sobre por el telegrafista, y concluyó la ceremonia derritiendo lacre sobre el envío y punzando la roja melaza con un sello oficial de Correos de Chile.

–Por pinta no te gana nadie –dijo don Cosme, mientras pesaba la carta y, en calidad de mecenas, se hurtaba a sí mismo un par de estampillas.

La ansiedad lo puso nervioso, pero al menos entretuvo la pesadumbre que le causaba no ver al vate cada vez que traía la correspondencia. Dos veces pudo asistir muy temprano a jirones de diálogos entre doña Matilde y el médico, sin que alcanzara a informarse sobre la salud del poeta. En una tercera ocasión, tras dejar el correo se quedó merodeando el portón, y cuando el doctor se dirigía hacia su auto, le preguntó sudoroso e impulsivo por el estado del vate. La respuesta lo sumió primero en la perplejidad y, media hora más tarde, en el diccionario:

–Estacionario.

El día 18 de septiembre de 1973, *La Quinta Rueda* publicaría con motivo del aniversario de la independencia de Chile una edición especial, en cuyas páginas centrales y en robustas letras de titulares se incluiría el poema premiado. Una semana antes de la tensa fecha, Mario Jiménez soñó que *Retrato a lápiz de Pablo Neftalí Jiménez*

González ganaba el cetro, y que Pablo Neruda en persona le extendía la flor natural y el cheque. De ese paraíso fue sustraído por unos golpes enervantes en la ventana. Maldiciendo, fue a tientas hacia ella y, al abrirla, distinguió al telegrafista escondido bajo un poncho, quien le adelantó de un zarpazo la minúscula radio que emitía una marcha alemana conocida como *Alte Kamaraden*. Sus ojos pendían cual dos tristes uvas en la grisura de la niebla. Sin decir palabra ni cambiar su mueca, fue haciendo rodar el dial del aparato, y de cada emisora resonó la misma música marcial, con sus timbales, clarines, tubas y cornos licuados por los pequeños parlantes. Luego, se encogió de hombros y, guardándose interminablemente, largamente y demoradamente la radio por debajo del trabajoso poncho, dijo con gravedad:

–¡Yo me borro!

Mario se rastrilló la melena con los dedos y, cogiendo el jersey marinero, saltó por la ventana hacia la motoneta.

–Voy a buscar la correspondencia del poeta –dijo.

El telegrafista se le cruzó decidido y apretó sus manos sobre el volante del vehículo.

–¿Quieres suicidarte?

Los dos alzaron el rostro hacia el cielo encapotado, y vieron atravesar tres helicópteros en dirección al puerto.

–Pásame las llaves, jefe –gritó Mario, sumando al estruendo de los helicópteros el motor de su Vespa.

Don Cosme se las extendió, y luego retuvo el puño del muchacho:

–Y después tíralas al mar. Así, por lo menos jodemos un poco a estos cabrones.

En San Antonio, las tropas habían ocupado los edificios públicos, y en cada balcón las metralletas se desplazaban avisoras con un movimiento pendular. Las calles estaban casi vacías y antes de llegar al correo pudo oír balazos hacia el norte. Al comienzo aislados y luego nutridos. En la puerta, un recluta fumaba curvado por el frío, y se puso alerta cuando Mario llegó a su lado tintineando las llaves.

–¿Quién soi vo? –le dijo, sacándole el último humo al tabaco.

–Trabajo aquí.

–¿Qué hacís?

–Cartero, pu.

–¡Vuélvete a la casa, mejor!

–Primero tengo que sacar el reparto.

–¡Chis! La gallá está a balazos en las calles y vo todavía aquí.

–Es mi trabajo, pu.

–Sacai las cartas y te mandai a cambiar, ¿oíste?

Fue hasta el clasificador y hurgueteó entre la correspondencia apartando cinco cartas para el vate. Después, vino hasta la máquina del télex y alzando la hoja que se derramaba cual alfombra por el piso distinguió casi veinte telegramas urgentes para el poeta. La arrancó de un tirón, la fue enrollando sobre el brazo izquierdo y la puso en la bolsa junto a las cartas. Los balazos recrudecieron ahora en dirección del puerto, y el joven revisó las paredes con la militante decoración de don Cosme: el retrato de Salvador Allende podía permanecer porque mientras no se cambiaran las leyes de Chile seguía siendo el presidente constitucional aunque estuviera muerto, pero la confusa barba de Marx y los ojos ígneos del Che Guevara fueron descolgados y hundidos en la bolsa. Antes de salir, emprendió una variante que hubiera regocijado a su jefe por mustio que estuviera: se puso el gorro oficial de cartero ocultando esa maraña turbulenta que ahora, frente al rigor del corte del soldado, le pareció definitivamente clandestina.

–¿Todo en orden? –le preguntó el recluta al salir.

–Todo en orden.

–Te pusiste el gorro de cartero, ¿eh?

Mario palpó algunos segundos la dura armazón de su fieltro, como si quisiera comprobar que en efecto cubría su pelo, y con un gesto desdeñoso se tiró la visera sobre los ojos.

–De ahora en adelante hay que usar la cabeza sólo para cargar la gorra.

El soldado se humedeció los labios con la punta de la lengua, se puso entre los dos dientes centrales un nuevo cigarrillo, le retiró un instante para escupir una dorada fibra de tabaco, y estudiándose los bototos, le dijo a Mario sin mirarlo:

–Échate el pollo, cabrito.

En las inmediaciones de la casa de Neruda, un grupo de soldados había levantado una barrera, y más atrás, un camión militar dejaba girar sin ruido la luz de la sirena. Llovía levemente; una fría garúa de la costa, más fastidiosa que mojadora. El cartero tomó el atajo, y desde la cumbre de la pequeña colina, la mejilla hundida en el barro, se hizo un cuadro de la situación: la calle del poeta bloqueada hacia el norte, y vigilada por tres reclutas cerca de la panadería. Quienes necesariamente debían cruzar ese tramo, eran palpados por los militares. Cada uno de los papeles de la billetera era leído con más ansias de mitigar el tedio de vigilar una caleta insignificante, que con minuciosidad antisubversiva; si el transeúnte cargaba una bolsa, se le conminaba sin violencia a mostrar uno a uno los productos: el detergente, el cartón de fideos, la lata de té, las manzanas, el kilo de papas. Luego se le permitía pasar con un aburrido aleteo de la mano. A pesar de que todo era nuevo, a Mario le pareció que la conducta de los militares tenía un sabor rutinario. Los conscriptos sólo se endurecían y aceleraban sus desplazamientos, cuando, cada cierto lapso, venía un teniente en bigotes y de amenazante vozarrón.

Estuvo hasta el mediodía escrutando las maniobras. Luego descendió cauteloso, y, sin tomar la motoneta, dio un enorme rodeo por detrás de los caseríos anónimos, alcanzó la playa a la altura del muelle y, bordeando los acantilados, avanzó hasta la casa de Neruda descalzo por la arena.

En una cueva cercana a las dunas puso a salvo la bolsa tras una roca de peligrosas aristas, y con la mayor prudencia que le permitían los frecuentes y rasantes helicópteros rastreando la orilla, extendió el rollo que contenía los telegramas, y estuvo una hora leyéndolos. Sólo entonces estrujó el papel entre las palmas, y después lo puso bajo una piedra. La distancia hacia el campanario, aunque empinada, no era larga. Pero, lo detuvo una vez más ese tránsito de aviones y helicópteros, que había conseguido ya el exilio de las gaviotas y los pelícanos. Por el abusivo engranaje de su hélice y la fluidez con que de pronto se quedaban suspendidos sobre la casa del vate, le parecieron fieras que olieran algo o un voraz ojo delator, e inhibió su impulso de trepar la colina exponiéndose tanto a despeñarse, como a ser sorprendido por la guardia del camino. Buscó el consuelo de la sombra para moverse. Aunque no había oscurecido, de alguna manera la arisca pendiente parecía más protegida, sin la presencia de ese sol que a ratos rajaba los nubarrones, y denunciaba hasta los restos de botellas quebradas y los pulidos guijarros sobre la playa.

Ya en el campanario, echó de menos una fuente de agua donde lavarse los rasguños en las mejillas y sobre todo las manos, que soltaban de sus surcos hilachas de sangre mezcladas con sudor.

Al asomarse a la terraza, vio a Matilde con los brazos cruzados sobre el pecho, y la mirada enredada en el sonsonete del mar. La mujer desvió la vista, cuando el cartero le hizo una señal, y éste, llevando un dedo a los labios, le imploró silencio. Matilde vigiló que el trecho hasta la habitación del poeta no cayera en el campo visual del guardia callejero, y le dio el pase con un parpadeo que indicaba hacia el dormitorio.

Tuvo que mantener un instante la puerta entreabierta

para distinguir a Neruda en esa penumbra con olor a medicinas, ungüentos, a madera húmeda. Pisó la alfombra hasta su cama, con la pulcritud del visitante de un templo, e impresionado por la ardua respiración del poeta, por ese aire que antes de fluir parecía herirle la garganta.

–Don Pablo –susurró bajo, cual si acomodara su volumen a la tenue luz de la lámpara envuelta en una toalla azul. Ahora, le parecía que quien había hablado era su sombra. La silueta de Neruda se encaramó trabajosa sobre el lecho, y los ojos deslucidos pesquizaron la penumbra.

–¿Mario?

–Sí, don Pablo.

El poeta extendió el fláccido brazo pero el cartero no notó su oferta en ese juego de contornos sin volúmenes.

–Acércate, muchacho.

Junto al lecho, el poeta le prendió la muñeca con una presión que a Mario le impresionó como febril, e hizo que se sentara cerca de la cabecera.

–Esta mañana, quise entrar pero no pude. La casa está rodeada de soldados. Sólo dejaron pasar al médico.

Una sonrisa sin fuerza abrió los labios del poeta.

–Yo ya no necesito médico, hijo. Sería mejor que me mandaran directamente al sepulturero.

–No hable así, poeta.

–Sepulturero es una buena profesión, Mario. Se aprende filosofía.

El muchacho pudo distinguir ahora una taza sobre el velador y conminado por un gesto de Neruda se la acercó a los labios.

–¿Cómo se siente, don Pablo?

–Moribundo. Aparte de eso, nada grave.

–¿Sabe lo que está pasando?

–Matilde trata de ocultármelo todo, pero yo tengo una

minísima radio japonesa debajo de la almohada. –Tragó una bocanada de aire, y en seguida la expulsó temblando–. Hombre, con esta fiebre me siento como pescado en la sartén.

–Ya se le va a acabar, poeta.

–No, mijo. No es la fiebre la que se va a acabar. Es ella la que va a acabar conmigo.

Con la punta de la sábana, el cartero le limpió el sudor que le caía desde la frente hasta los párpados.

–¿Es grave lo que tiene, don Pablo?

–Ya que estamos en Shakespeare, te contestaré como Mercurio cuando lo ensarta la espada de Tibaldo. «La herida no es tan honda como un pozo, ni tan ancha como la puerta de una iglesia, pero alcanza. Pregunta por mí mañana y verás qué tieso estoy.»

–Por favor, acuéstese.

–Ayúdame a llegar hasta la ventana.

–No puedo. Doña Matilde me dejó entrar, porque...

–Soy tu celestino, tu cabrón y el padrino de tu hijo. Gracias a estos títulos ganados con el sudor de mi pluma, te exijo que me lleves hasta la ventana.

Mario quiso controlar el impulso del poeta apretándole las muñecas. La vena de su cuello saltaba como un animal.

–Hay una brisa fría, don Pablo.

–¡La brisa fría es relativa! Si vieras qué viento gélido me sopla en los huesos. El puñal definitivo es prístino y agudo, muchacho. Llévame hasta la ventana.

–Aguántese ahí, poeta.

–¿Qué me quieres ocultar? ¿Acaso cuando abra la ventana no estará allí abajo el mar? ¿También se lo llevaron? ¿También me lo metieron en una jaula?

Mario adivinó que la ronquera le subiría a la voz, junto a esa humedad que empezaba a brotarle en la pupila.

Se acarició lento su propia mejilla y luego se metió los dedos en la boca como un niño.

–El mar está allí, don Pablo.

–Entonces, ¿qué te pasa? –gimió Neruda, con los ojos suplicantes–. Llévame hasta la ventana.

Mario hundió sus dedos bajo los brazos del vate, y lo fue alzando hasta que lo tuvo de pie a su lado. Temiendo que se desvaneciera, lo apretó con tal fuerza, que pudo percibir en su propia piel la ruta del escalofrío que sacudió al enfermo. Como un solo hombre vacilante avanzaron hasta la ventana, y, aunque el joven corrió la espesa cortina azul, no quiso mirar lo que ya podía ver en los ojos del poeta. La luz roja de la sirena latigueó su pómulo intermitentemente.

–Una ambulancia –se rió el vate con la boca repleta de lágrimas–. ¿Por qué no un ataúd?

–Se lo van a llevar a un hospital de Santiago. Doña Matilde está preparando sus cosas.

–En Santiago no hay mar. Sólo sastres y cirujanos.

El poeta dejó caer la cabeza contra el vidrio, que se empañó con su aliento.

–Usted está ardiendo, don Pablo.

Súbitamente, el poeta alzó la vista hacia el techo, y pareció observar algo que se desprendía entre las vigas con los nombres de sus amigos muertos. El cartero fue alertado por un nuevo escalofrío, que la temperatura le aumentaba. Iba a anunciárselo a Matilde con un grito, cuando lo disuadió la presencia de un soldado que venía a entregarle un papel al chófer de la ambulancia. Neruda se empeñó en caminar hacia el otro ventanal como si le hubiera sobrevenido un asma; al prestarle apoyo, supo ahora que la única fuerza de ese cuerpo residía en la cabeza. La sonrisa y la voz del vate fueron débiles, cuando le habló, sin mirarlo.

—Dime una buena metáfora para morirme tranquilo, muchacho.

—No se me ocurre ninguna metáfora, poeta, pero óigame bien lo que tengo que decirle.

—Te escucho, hijo.

—Bueno; hoy han llegado más de veinte telegramas para usted. Quise traérselos, pero como la casa estaba rodeada me tuve que devolver. Usted me perdonará lo que hice, pero no había otro remedio.

—¿Qué hiciste?

—Le leí todos los telegramas, y me los aprendí de memoria para poder decírselos.

—¿De dónde vienen?

—De muchas partes. ¿Comienzo con el de Suecia?

—Adelante.

Mario hizo una pausa para tragar saliva, y Neruda se desprendió un segundo, y buscó apoyo en la manilla del ventanal. Contra los vidrios turbios de sal y polvo, soplaba una ráfaga que los hacía vibrar. Mario mantuvo la vista sobre una flor derramada contra el canto de un jarrón de greda, y reprodujo el primer texto, cuidando de no confundir las palabras de los diversos cables.

—«Dolor e indignación asesinato presidente Allende. Gobierno y pueblo ofrecen asilo poeta Pablo Neruda, Suecia.»

—Otro —dijo el vate sintiendo que subían sombras a sus ojos y que, como cataratas o galopes de fantasmas, buscaban trizar los cristales para ir a reunirse con ciertos cuerpos borrosos, que se veían levantándose desde la arena.

—«México pone disposición poeta Neruda y familia avión pronto traslado aquí» —recitó Mario, ya con la seguridad de que no era oído.

La mano de Neruda temblaba sobre la manilla de la ventana, quizá queriendo abrirla, pero, al mismo tiempo, como si palpara entre sus dedos crispados la misma materia espesa que le rondaba por las venas y le llenaba la boca de saliva. Creyó ver que, desde el oleaje metálico que destrozaba el reflejo de las hélices de los helicópteros y expandía los peces argentinos en una polvareda destellante, se construía con agua una casa de lluvia, una húmeda madera intangible que era toda ella piel pero al mismo tiempo intimidad. Un secreto rumoroso se le revelaba ahora en el trepidante acezar de su sangre, esa negra agua que era germinación, que era la oscura artesanía de las raíces, su secreta orfebrería de noches frutales, la convicción definitiva de un magma al que todo pertenecía, aquello que todas las palabras buscaban, acechaban, rondaban sin nombrar, o nombraban callando (lo único cierto es que respiramos y dejamos de respirar, había dicho el joven poeta sureño despidiéndose de su mano con que había señalado un cesto de manzanas bajo el velador fúnebre): su casa frente al mar y la casa de agua que ahora levitaba tras esos vidrios que también eran agua, sus ojos que también eran la casa de las cosas, sus labios que eran la casa de las palabras y ya se dejaban mojar dichosamente por esa misma agua que un día había rajado el ataúd de su padre tras atravesar lechos, balaustradas y otros muertos, para encender la vida y la muerte del poeta como un secreto que ahora se le revelaba y que, con ese azar que tiene la belleza y la nada, bajo una lava de muertos con ojos vendados y muñecas sangrantes le ponía un poema en los labios, que él ya no supo si dijo, pero que Mario sí oyó cuando el poeta abrió la ventana y el viento desguarneció las penumbras:

Yo vuelvo al mar envuelto por el cielo,
el silencio entre una y otra ola
establece un suspenso peligroso:
muere la vida, se aquieta la sangre
hasta que rompe el nuevo movimiento
y resuena la voz del infinito.

Mario lo abrazó desde atrás, y levantando las manos para cubrirle sus pupilas alucinadas, le dijo:

–No se muera, poeta.

La ambulancia se llevó a Pablo Neruda hacia Santiago. En la ruta, tuvo que sortear barreras de la policía y controles militares.

El día 23 de septiembre de 1973, murió en la Clínica Santa María.

Mientras agonizaba, su casa de la capital en una falda del cerro San Cristóbal fue saqueada, los vidrios fueron destrozados, y el agua de las cañerías abiertas produjo una inundación.

Lo velaron entre los escombros.

La noche de primavera estaba fría, y quienes guardaron el féretro, bebieron sucesivas tazas de café hasta el amanecer. Hacia las tres de la mañana, se sumó a la ceremonia una muchacha de negro, que había burlado el toque de queda arrastrándose por el cerro.

Al día siguiente, hubo un sol discreto.

Desde el San Cristóbal hasta el cementerio, fue creciendo el cortejo, hasta que, al pasar frente a las floristas del Mapocho, una consigna celebró al poeta muerto y otra al presidente Allende. Las tropas con sus bayonetas caladas bordearon la marcha alertas.

En las inmediaciones de la tumba, los asistentes corearon *La Internacional*.

Mario Jiménez supo de la muerte del poeta en el televi-sor de la hostería. La noticia fue emitida por un locutor engolado el cual habló de la desaparición de «una gloria nacional e internacional». Seguía una breve biografía hasta el momento de su Premio Nobel, y concluía con la lectura de un comunicado, mediante el cual la Junta Mi-litar expresaba su consternación por la muerte del vate.

Rosa, Beatriz, y hasta el mismo Pablo Neftalí, conta-giados por el silencio de Mario, lo dejaron en paz. Se la-varon los platos de la cena, se saludó sin énfasis al último turista que tomaría el nocturno hacia Santiago, se hundió interminablemente la bolsa de té en el agua hervida y se raspó con las uñas mínimos restos de comida adheridos al hule de las mesas.

Durante la noche, el cartero no pudo dormir y las ho-ras transcurrieron con la vista en el techo, sin que un solo pensamiento las distrajera. Hacia las cinco de la madru-gada, oyó frenar autos ante la puerta. Al asomarse a la ventana, un hombre de bigotes le hizo un gesto indicán-dole que saliera. Mario se puso su yérsey marinero y vino hacia el portón. Junto al hombre de bigotes, semi-calvo, había otro muy joven de pelo corto, impermeable, y un nudo de corbata abundante.

–¿Usted es Mario Jiménez? –preguntó el hombre de bigotes.

–Sí, señor.

–¿Mario Jiménez, de profesión cartero?

—Cartero, señor.

El joven de impermeable extrajo una tarjeta gris de un bolsillo, y la revisó de una pestañeada.

—¿Nacido el siete de febrero de 1952?

—Sí, señor.

El joven miró al hombre mayor, y fue éste quien le habló a Mario:

—Bien. Tiene que acompañarnos.

El cartero se limpió las palmas de las manos sobre los muslos.

—¿Por qué, señor?

—Es para hacerle unas preguntas —dijo el hombre de bigotes poniéndose un cigarrillo en los labios y palpándose luego los bolsillos, como si buscara fósforos. Vio venir la mirada de Mario a sus ojos—. Una diligencia de rutina acotó entonces, pidiéndole fuego con un gesto a su acompañante. Éste negó con la cabeza.

—No tiene nada que temer —le dijo luego el del impermeable.

—Después, puede volver a casa —dijo el hombre de bigotes, mostrándole el cigarrillo a alguien que asomaba la cabeza por la ventana de uno de los dos autos sin patente, que aguardaban en la calle con el motor en marcha.

—Se trata de una diligencia de rutina —agregó el joven del impermeable.

—Contesta un par de preguntas y después vuelve a casa —dijo el hombre de bigotes, alejándose hacia el hombre del auto que ahora mostraba un encendedor dorado en la ventanilla. El hombre de los bigotes se agachó, y entonces el diputado Labbé con un preciso golpe produjo una fuerte llama del mechero. Mario vio que el hombre de los bigotes se levantaba avivando la brasa del cigarrillo con una honda aspiración, y que le hacía un gesto al joven del impermeable, para que avanzaran hasta el otro auto. El joven del impermeable no tocó a Mario. Sólo se limitó a indicarle la dirección del Fiat negro. El auto del diputado Labbé se fue lentamente, y Mario avanzó con su acompañante hasta el otro vehículo. En el volante había un hombre con lentes oscuros oyendo noticias. Al entrar en el coche, alcanzó a oír cuando el locutor anunciaba que las tropas habían ocupado la editorial Quimantú, y habían procedido a secuestrar la edición de varias revistas subversivas, tales como *Nosotros los chilenos*, *Paloma* y *La Quinta Rueda*.

Epílogo

Años después me enteré por la revista *Hoy*, que un redactor literario de *La Quinta Rueda* había vuelto a Chile tras su exilio en México. Se trataba de un viejo compañero del liceo, y lo llamé por teléfono para concertar una cita. Hablamos algo de política y sobre todo acerca de las posibilidades de que Chile algún día se democratizara. Me fatigó algunos minutos más con la experiencia de su exilio, y, tras pedir el tercer café, le pregunté, si por casualidad recordaba el nombre del autor del poema premiado, que debería haber publicado *La Quinta Rueda* el 18 de septiembre del año del Golpe.

–Por supuesto –me dijo–. Se trataba de un poema excelente de Jorge Teillier.

Yo tomo el café sin azúcar, pero tengo la manía de revolverlo con la cucharilla.

–¿No recuerdas –le dije– un texto que a lo mejor aún te suena por su título algo curioso: *Retrato a lápiz de Pablo Neftalí Jiménez González*?

Mi amigo levantó el azucarero y lo retuvo un instante haciendo memoria. Luego negó con la cabeza. No lo recordaba. Acercó el azucarero a mi café, pero yo lo cubrí rápidamente con la mano.

–No, gracias –le dije–. Lo tomo amargo.

Diseño: Winfried Bährle
Ilustración: cartel de la película,
cedido por Buena Vista International

Círculo de Lectores, S.A. (Sociedad Unipersonal)
Valencia, 344, 08009 Barcelona
9 6 9 0 7

Licencia editorial para Círculo de Lectores
por cortesía del autor.
Está prohibida la venta de este libro a personas que no
pertenezcan a Círculo de Lectores.

Depósito legal: B. 25867-1996
Fotocomposición: Víctor Igual, S.L.
Impresión y encuadernación: Printer industria gráfica, s.a.
N. II, Cuatro caminos s/n, 08620 Sant Vicenç dels Horts
Barcelona, 1996. Impreso en España
ISBN 84-226-6138-1
N.º 27482